대중매체와 글쓰기

문화콘텐츠 총서 15

개정판

대중매체와 글쓰기

장현숙 | 최명숙 | 박혜경

푸른사상
PRUNSASANG

머리말

대중매체란 신문, 잡지, 라디오, TV 등과 같이 많은 사람에게 다양한 정보를 전달하는 수단이다. 수많은 사람의 무리를 뜻하는 '대중'과 어떤 작용을 한쪽에서 다른 쪽으로 전달하는 수단을 의미하는 '매체'를 합쳐서 대중매체란 단어가 만 들어졌다. 영어로는 매스미디어라 한다. 정보의 중요성이 강조되는 현대사회에서 '대중매체'의 활용은 대단히 중요하며 필수적이다. 왜냐하면 정보화 사회에서는 정보가 중요한 자원이고, 개인이 많은 지식과 정보를 가진다는 것은 바로 그의 능력과 직결되기 때문이다.

대중매체를 유형별로 나누어보면, 인쇄를 이용한 것과 전파를 이용한 것, 그리고 통신을 이용한 것이 있다. 인쇄를 이용한 것에는 신문과 잡지, 사전 등이 있고, 전파를 이용한 것에는 방송매체인 라디오와 텔레비전 등이 있다. 그리고 요즘 많이 사용하는 인터넷은 통신매체라 할 수 있다.

현대의 대중매체는 우리의 생활과 매우 밀접하게 연결되어 있으며 의사소통에서 중요한 역할을 담당한다. 대중매체는 정치, 경제, 사회, 문화 등 각 분야에서 일어나는 정보를 많은 사람에게 신속하게 제공해준다. 그럴수록 우리는 현명하게 대중매체를 활용할 수 있어야 하고, 대중매체의 특징을 제대로 인식해야 한다. 특히 대중매체를 활용한 글쓰기는 의사소통뿐 아니라 오락의 기능까지 수행하면서 나아가 경제적 이익까지도 창출할 수 있다. 대중매체를 활용한 글쓰기가 오늘날 대중문화 확산에 크게 기여하고 있기 때문이다.

『대중매체와 글쓰기』는 학생들로 하여금 대중매체의 개념과 특성을 이해하고, 대중매체를 수단으로 하여 "어떻게 하면 글쓰기를 잘 할 수 있을지"에 대한 요령과 유의사항을 함께 파악하며, 필요한 예시문을 통해 학습활동을 원활히 할 수 있도록 엮은 실습용 교재이다.

먼저 이 책에서는 글쓰기에서 가장 기본적인 원리라 볼 수 있는 "무엇을 어떻게 쓸까, 좋은 글의 요건, 작문의 절차, 스토리텔링의 이해"에 대해 간략히 설명하였다. 이어 학생들이 쉽게 글쓰기에 접근할 수 있도록 "짧은 단상, 수필, 신문 칼럼, 기사문 쓰기"를 실습하도록 하였다. 이후 "도서 리뷰, 소설 개요 짜기, 잡지 기사문 쓰기, 광고 기획 및 카피 쓰기"를 연습하도록 배치하였다. 나아가 "라디오 프로그램 기획, TV드라마, 영화, 연극 리뷰" 등을 써보도록 했다. 이는 스토리텔링과 시놉시스 작법을 쓰기 위한 예비 단계로, 라디오를 듣고 TV 드라마, 영화, 연극을 보도록 하는 것이다. 필요에 따라 잡지 기사문 쓰기, 광고기획 및 카피 쓰기, 라디오 프로그램 기획 등은 서너 명씩 조를 짜서 함께 공동작업할 수 있다.

다음으로 스토리텔링과 시놉시스 작법을 연습하도록 하였다. TV 드라마, 영화, 연극의 시놉시스와 블로그 글쓰기를 통하여 스토리텔링의 역량을 강화하는 데 주력하였다. 최근 스토리텔링의 힘은 세계 속의 한류 문화를 선도하고 있으며 이는 경제적 가치와 연결되기도 한다.

얼마 전 〈TV 푸드〉에 나온 사례를 보자. 복숭아 농사를 짓는 한 농

부가 있었다. 출하 시기를 며칠 앞두고 뜻하지 않은 우박이 쏟아졌다. 일년 내내 정성들여 키워온 복숭아에 그만 흠집이 생겨버렸다. 상품 가치가 없어져 모두 폐기처분해야 할 지경에 이르렀다. 그때 한 사람이 조언해주었다. 김유정의 작품 「봄봄」의 등장인물 점순이를 빌려다가 상품에 스토리를 입히라고. 얼굴에 점이 있는 점순이처럼, 복숭아에도 점이 생겼으니 '점순이 복숭아'라고 해보라는 것이었다. 그 조언을 따르자 '점순이 복숭아'는 모두 순식간에 팔려나갔다. 상품에 스토리를 입히자 대단한 경제적 부가가치가 생긴 것이다. 이것이 바로 스토리텔링의 힘이다.

이제 우리 모두 대중매체를 통한 글쓰기에 도전해보자. 여러분의 내면에 잠재되어 있는 감성과 상상력, 그리고 창의성을 최대한 끌어내어 글쓰기에 전념한다면, 여러분은 대중문화의 꽃으로 피어날 수 있을 것이다. 적으나마 이 책이 여러분의 글쓰기에 도움이 되기를 바란다.

바쁜 일정 가운데에서도 편집과 출판을 맡아준 한봉숙 사장님과 출판사 선생님들께도 심심한 감사를 드린다. 또한 이 교재에 예시문 인용을 허락해주신 선생님들과 학생들에게도 고마운 마음을 전한다.

2015년 2월
장현숙

차례

제1강   대중매체와 글쓰기   · 11

　　　　1. 무엇을 어떻게 쓸까 · 13
　　　　2. 좋은 글의 요건 · 14
　　　　3. 작문의 절차 · 16
　　　　4. 스토리텔링의 이해 · 18

제2강   영상 및 단상 쓰기   · 21

　　　　1. 단상이란 무엇인가 · 23
　　　　2. 단상 쓰기의 실제 · 23

제3강   수필 쓰기와 개요 짜기   · 27

　　　　1. 수필이란 무엇인가 · 29
　　　　2. 수필 창작 방법 · 31

제4강   신문 칼럼 쓰기   · 43

　　　　1. 칼럼의 유래와 특징 · 45
　　　　2. 칼럼 유형과 구조 및 역할 · 46
　　　　3. 신문 기사문 쓰기 · 49
　　　　4. 시사 비평문 · 50

제5강   도서 리뷰와 비평문 쓰기   · 57

　　　　1. 시 읽기와 시평 쓰기 · 59
　　　　2. 소설 읽기와 서평 쓰기 · 64

제6강   소설 개요 짜기와 창작 연습   · 75

  1. 소설이란 무엇인가 · 77
  2. 소설 창작 이론 · 79
  3. 인물과 성격 창조 · 83
  4. 시점과 거리, 배경 · 85
  5. 소설 쓰기의 실제 · 87

제7강   잡지 기사문 쓰기   · 93

  1. 잡지의 개념과 유래 · 95
  2. 잡지의 역할과 구분 · 96
  3. 좋은 기획 기사 · 97
  4. 기사 작성법 · 103

제8강   광고 기획 및 카피   · 113

  1. 광고의 개념 · 115
  2. 광고의 목적 · 115
  3. 광고의 요소 · 116
  4. 광고 문구의 작성법 · 116

제9강   라디오 프로그램 기획   · 121

  1. 라디오의 특성 · 123
  2. 라디오 기획안 작성법 · 124
  3. 라디오 작가의 역할과 원고 작성법 · 126

제10강 TV드라마, 영화, 연극 리뷰 · 131

1. TV드라마 리뷰 · 133
2. 영화 리뷰 · 136
3. 연극 리뷰 · 142

제11강 스토리텔링과 시놉시스 작법 1 : 드라마 · 147

1. 드라마의 특성 · 149
2. 드라마 원고 작성법 · 150
3. 시놉시스 작성법 · 152

제12강 스토리텔링과 시놉시스 작법 2 : 영화 · 159

1. 영화 시놉시스 · 161
2. 시나리오 창작 이론과 실제 · 162

제13강 희곡 스토리텔링과 시놉시스 작법 · 169

1. 희곡의 특성 · 171
2. 희곡의 구성 요소 · 172
3. 희곡 원고 작성법 · 174

제14강 블로그 글쓰기 · 179

1. 블로그 글쓰기란 무엇인가 · 181
2. 블로그 만드는 요령 · 182

참고문헌 · 185
찾아보기 · 187

글을 쓸 때에는 모든 것을 내려놓아라.

당신의 내면을 표현하기 위해 단순한 단어들로

단순하게 시작하려고 노력하라.

나탈리 골드버그

1. 무엇을 어떻게 쓸까

글 읽기는 다른 사람들이 체험하고 사유한 것을 배우는 일이고, 글쓰기는 스스로가 직간접적으로 체험하고 사유한 것을 글로 표현하는 일이다. 글을 씀으로써 세계와 자기 자신에 대하여 깊이 있게 성찰할 수 있다. 따라서 글을 쓰기에 앞서 대상에 대한 깊이 있고 정확한 이해가 필요하다. 글쓰기에서 중요한 것은 '무엇'을 '어떻게' 표현하느냐는 것이다. 무엇은 '내용'을, 어떻게는 '형식'을 일컫는다. 무엇을 쓸 것인가와 어떻게 쓸 것인가를 계획하는 가운데, 주제와 글의 설계도가 작성되는 것이다. 즉 글의 목적은 곧 글 쓰는 이의 중심 의도로서 그 글의 주제 의식을 일컫는다.

2. 좋은 글의 요건

글은 자기표현이기 때문에 관념에서 나온 글은 좋은 글이 될 수 없다. 표현하고자 하는 대상에 대하여 구체적이고 애정 어린 관찰에서 나온 글이어야 한다. 또한 글은 글쓴이의 인품이 드러나기 때문에 글을 쓸 때의 마음가짐과 태도가 중요하다. 좋은 글이 갖추어야 할 요건을 한마디로 말한다면, 내용이 알차서 읽는 사람에게 공감을 주고 나아가 감동을 주는 글이라고 할 수 있다.

미국의 수사학자 W. 와트의 견해를 바탕으로 좋은 글의 요건을 소개한다.

1) **충실성** 이것은 내용의 문제로 길게 쓰였더라도 공허하면 좋지 않다. 기교가 서툴러도 내용이 충실한 글이 좋은 글이다.

2) **독창성** 글에 나타난 참신하고 독특하며 창조적인 특성을 말한다. 사물을 보는 관점에서 개성적이어야 한다. 주제, 소재, 표현 방법에 있어서 독창적이어야 한다. 러시아 형식주의자들의 '낯설게 하기' 개념을 생각하는 게 필요하다.

3) **정직성** 다른 이가 사용한 어구를 따라 쓰거나, 아이디어나 견해 등을 끌어다 쓰는 경우, 사실이나 통계, 예증을 가져다 인용하는 경우에 출처를 밝혀야 한다.

4) **성실성** 자기다운 글을 정성스럽게 쓰는 일을 말한다. 그리고 열정을 가지고 다른 사람의 글을 모방하지 않고 글 쓰는 이가 실제로 사유하고 느낀 것을 써야 한다.

5) **명료성** 무엇을 쓰고 있는지를 분명히 알 수 있도록 논지를 체

계화하고 중심 의도가 드러나도록 써야 한다. 설명문이나 논증문 등에서 더욱 필요한 요건이다.

6) **경제성** 꼭 필요한 자리에 필요한 만큼의 단어를 쓰는 것을 말한다. 글을 장황하게 늘어놓거나 중언부언하는 것 등은 합당하지 않다.

7) **정확성** 적합한 어휘를 쓰고 표준 어법이나 구문의 원리에 맞게 글을 써야 한다. 처음부터 멋진 글을 쓰려고 하지 말고 정확한 문장을 쓰는 게 필요하다. 반드시 주어와 술어가 있어야 한다. 알기 쉬운 말을 고르고, 표준어를 쓰고, 구체적인 용어를 써야 한다.

8) **타당성** 문맥이 시점이나 독자, 목적에 맞도록 쓰여야 한다. 글은 일관된 시점을 유지하여야 하며, 글의 목적에 맞도록 통일성을 가져야 한다. 또한 독자의 연령과 수준에 맞추어 써야 한다.

9) **일관성** 자신이 쓰고자 하는 논지가 질서정연하게 체계화되어야 한다. 글의 시점, 난해한 정도, 어조, 문체, 내용 등이 조화를 이루어야 하며 일률적이어야 한다.

10) **완결성** 글은 중심 문장과 보조 문장으로 완성됨으로써 완결성을 준다. 글의 내용이 전체적으로 통일감 있어야 한다. 내용과 형식이 균형과 조화를 이루도록 형상화되어야 한다.

11) **적절한 기교** 기교에 치우치면 내용이 부실해지고 진실성이 결여되어 바람직하지 않다. 적절한 기교나 기법은 필요하다.

12) **자연스러움** 억지로 꾸미는 글은 부자연스럽기 때문에 가식이 없는 글이 좋은 글이다. 문장의 흐름이 자연스럽고 거슬리는 어구가 없으며 이해가 순조로운 글이어야 한다. 현학적인 글은 부자연스럽다.

3. 작문의 절차

작문을 하려면 먼저 글쓴이가 이 글에서 '무엇을' '어떻게' 쓸지에 대해 생각해보아야 한다. 그리고 언어 구조를 정확하게 인식해야 한다. 사고와 언어가 어떻게 서로 관계를 맺는지 살펴보아야 하기 때문이다. 작문의 절차는 일정한 규범이 있는 것은 아니나 대체로 다음과 같은 순서로 이루어진다.

1) **주제의 설정**   주제는 글의 중심 내용이며 글 쓰는 이가 말하고자 하는 중심 생각으로 주제를 설정할 때 독창성을 고려하는 게 바람직하다. 주제가 진부한 것일 경우에는 표현이나 소재의 독창성을 고려한다. 좋은 주제가 되려면 주제에 집중하여 구체성을 띠는 게 좋다. 그리고 글 쓰는 이가 관심을 가지고 있으며 잘 이해하고 다룰 수 있는 내용으로 하여야 한다. 또한 무엇보다 독자가 관심을 가질 수 있는 주제를 고른다. 주제가 막연하거나 너무 포괄적이면 글쓰기가 어렵다. 주제가 설정되면 주제문을 써보는데 주제문은 주제를 두고 서술된 명제이다.

2) **자료 수집과 정리**   주제를 정하면 그 주제를 드러내기 위해 글의 자료를 모으는 일과 그것을 정리하는 일이 필요하다. 글의 내용을 형성하는 것들을 글감이라고 하는데, 소재, 제재, 화제, 자료라고도 한다. 자료 수집은 사전, 백과사전, 도서, 직접 취재 등 다양한 경로를 통해 한다. 수집한 자료 가운데 실제로 작성하고자 하는 글의 성격에 맞는 것을 선별하고 정리해야 한다.

3) **개요 작성하기**   개요는 글의 전체적인 틀을 구상하고 메모나 문

장을 통해 설계도처럼 만든 것이다. 기사문, 논설문, 수필문, 소설 등 창작물에서도 개요 짜기가 필요하다. 논설문이나 논문 등에는 일반적으로 서론, 본론, 결론으로 이루어지는 3단 구성으로 체계화된다. 서론은 글을 쓰는 동기, 목적, 문제 제기, 문제를 다루는 방법이나 연구 대상의 범위 등을 쓴다. 본론은 글의 내용을 몇 부분으로 나누어 분석, 예시, 인용, 논증 등의 방법으로 서술해나가는 것이다. 결론은 본론을 서술하면서 밝혀진 사항을 요약하고 전망이나 대안을 제시하는 것이다.

4) **집필하기**　개요가 작성되면 자료를 수집하고 정리한 것들을 활용하여 얼개에 따라 글을 쓴다. 어휘와 전문적 용어를 사용할 때 사전 등을 사용하여 구체적으로 적확하게 써야 한다. 그리고 좋은 글의 요건을 염두에 두고 내용이 충실하며 표현이 적절한 글을 써야 한다. 전체적인 통일성을 생각하여 어휘의 선택, 어조, 문체, 단락 구성을 고려하여 집필하여야 한다.

5) **퇴고하기**
  (1) 부가의 원칙 : 모자라거나 빠진 것을 찾아서 보충하고 부연한다.
  (2) 삭제의 원칙 : 군말이나 불필요한 부분, 과장된 부분은 삭제한다.
  (3) 구성의 원칙 : 글의 전개와 구성을 체계화시키고 통일시켜야한다.

　이러한 것을 바탕으로 좋은 글을 쓰려면 구체적으로 논지나 주제의식이 잘 드러날 수 있도록 살펴볼 점이 있다. 이 글에서 주제가 잘 드러났는가, 이 글의 주제에서 벗어나 통일성이 결여되지 않았는가,

이 글의 논지가 체계화되어 있는가, 주제보다 다른 부분이 강조되지 않았는가, 문장 관계는 올바른지, 적확한 용어가 사용되었는지, 독자가 이해하기에 어려움이 없었는지, 오탈자, 맞춤법은 바른지, 문장부호의 사용은 정확한지, 좋은 글의 요건에 맞는 글인지, 소리 내어 읽어볼 때 어색하거나 부자연스러운 부분은 없는지 등에 대해 점검하여야 한다.

4. 스토리텔링의 이해

스토리텔링은 어떤 사건이나 이야기를 즉흥적으로 또는 다르게 변형하여 전달하는 방식으로, 인간이 오래전부터 언어를 사용하게 되면서 어떤 형태로든 존재해왔다. 전달 형태는 언어나 이미지 또는 소리 등의 방법이다. 이러한 스토리텔링은 현재 대중의 관심을 받으며 문화의 중심에 서 있다. 더구나 스토리의 효과적인 전달을 위해 대중매체를 활용하게 되었다. 과거의 스토리텔링은 구술적인 측면이 강했다면 현재는 대중매체를 이용하는 측면이 강하다고 볼 수 있다.

이야기는 인간에게 있어서 본능이다. 이야기를 거부할 사람은 없을 것이고 특히 재미있는 이야기에 마음이 끌리는 것은 당연한 일이다. 『천일야화』가 생겨난 배경을 떠올린다면 쉽게 납득이 될 것이다. 스토리텔링은 바로 이야기(story)와 말하기(telling)의 복합어이다. 과거에는 그 이야기를 전달하는 방식이 주로 말하는 것이었다면, 현대에 오면서 다양한 매체를 통하여 이루어져왔다. 이는 기술의 발달로 이야기를 전달할 수 있는 매체가 많아졌기 때문이다. 스토리텔링에서 변화되지 않는 게 있다면 원천 소스가 되는 이야기이며, 크게 변화하는 부분은 기술적 측면인 말하기이다. 현대의 스토리텔링은 디지털 매체를 표현 수단으로 사용하면서 발전할 것이며 미래에는 더욱 다양하게 진화할 것이다. 이런 점에서 대중매체를 활용한 글쓰기 또한 활발해질 것으로 전망한다.

활동 및 과제

1) '나'를 주제로 이야기를 나누어보자. (자기소개, 취미, 잊을 수 없는 이야기 등)

2) 이야기 만들기 : 가지고 있는 물품 가운데 하나를 소재로 하여 글로 정리해보자.

제 2강

영상 및 단상 쓰기

MASS
MEDIA

WRITING

■■▪▫▫

쉬지 않고 글을 써야만 마음의 문을 열 수 있고,

자기를 발견할 수 있다.

위화

1. 단상이란 무엇인가

단상은 상황이나 단어 또는 영상을 떠올리며 단편적인 생각이나 그것으로 인한 이미지를 표현한 글이다. 단상으로 표현할 수 있는 소재는 다양하다. 그림, 사진, 영상물, 단어, 배경, 상황 등을 단상으로 쓸 수 있다.

2. 단상 쓰기의 실제

단상은 짧은 시나 수필 또는 소설의 형태로 표현하기도 한다. 단상을 쓰기 위해서는 떠오르는 이미지를 깊이 생각하여 함축적으로 표현하여야 한다. 또한 경험과 관련지은 다음, 한 편의 긴 이야기 형태로 쓸 수도 있다.

다음은 사진을 보고 쓴 단상의 예시이다.

어릴 적 오르내린 뒷산자락
오리나무 꼭대기에
지금도 밤송이 같은 까치집 하나

길가 돌배나무 가지에서는
방울 소리 내듯
마른 하눌타리 열매 서너 개가
이른 봄바람에 한들거렸다

넘치지도 모자라지도 않은 내가 자란
까치집 같은 옛집
거친 손자국 난 흙담
노란 햇짚으로 인 지붕 위로
잔솔가지 타는 매캐한 연기가 피어올랐다

사립문 지그린 저녁에
하눌타리 열매처럼 나누던 이야기

알음알음 오솔길 더듬어

(계속)

(앞에서 계속)

다시 찾은 옛집엔
소꿉놀이하던 사금파리 몇 조각이
무너진 흙담 밑에 소곤거리고 있었다

예시 2   김수우, 「하늘이 보이는 쪽창」 일부

우리 속에 살고 있는 작은 새를 알고 있다.
꽁지가 짧고, 부리가 못생긴 텃새.
꼭 우리를 닮았고
희망이라는 날개를 가지고 있고,
그 죽지 밑에 자유라는 푸른 점이 하나 있다.

활동 및 과제

1) 그림이나 사진, 영상물을 하나 선정하여 떠오르는 이미지를 중심으로 단상 쓰기를 해보자.

2) 담벼락, 하늘, 창문, 나무, 어머니 등의 단어를 소재로 시나 산문의 형태로 단상 쓰기를 해보자.

제**3**강

수필 쓰기와 개요 짜기

모든 문서의 초안은 끔찍하다.

글 쓰는 데에는 죽치고 앉아서 쓰는 수밖에 없다.

어니스트 헤밍웨이

1. 수필이란 무엇인가

1) 수필의 개념

수필은 형식에 묶이지 않고 보고 듣고 느끼고 체험하고 생각한 것을 생각나는 대로 자유롭게 쓰는 산문 형식의 글이다. 흔히 붓 가는 대로 쓴 글이라고 하는 것의 의미는 그 형식의 자유로움을 말하는 것이다. 수필은 제한이나 구속성이 적고 다양한 소재와 자유로운 사고에 바탕을 둔다. 붓 가는 대로 쓰는 글이라고 해서 아무렇게나 낙서처럼 써놓은 글을 수필이라고 할 수는 없다. 문학성과 예술성은 물론 수필로서 갖추어야 할 요소가 결여되지 않아야 한다.

2) 수필의 특징

(1) 주제가 직접적으로 드러난다.

소설이나 시 그리고 희곡이 인물이나 이미지 그리고 행동을 통해 그 주제를 간접적으로 제시한다면 수필은 직접적으로 제시한다. 작가가 독자를 앞에 놓고 조곤조곤 이야기하듯 내용을 말해준다. 그래서 어느 문학 형식보다 친숙하고 친밀하며 자연스럽게 읽히는 것 같다.

(2) 무형식의 형식이다.

수필은 특별한 형식이 없이 자유롭다. 이것은 정해진 규범이 없다는 의미이기도 하다. 그렇다고 해서 짜임이 제멋대로인 글이 아니다. 형식을 따르지 않는데도 질서가 있고 어그러지지 않은 정갈함을 갖고 있다. 그러므로 수필의 형식은 다양하다. 편지글, 일기, 감상문, 평론, 전기문 등의 글이 모두 수필의 범주에 들어갈 수 있다. 글을 쓰는 방식에 있어서도 서사, 묘사, 설명, 논증 모두 쓰일 수 있다.

(3) 수필의 제재와 소재가 다양하다.

수필은 제재가 다양하고 광범위하여 인생이나 자연 등 세상의 무엇이나 다 소재가 될 수 있는 문학이다.

(4) 개성적이며 자기 고백적인 글이다.

수필은 작가의 심정, 개성, 취미, 지식과 이상, 인생관 등이 생생하게 적나라하게 드러나는 심경의 나상을 그린 글이다. 글의 서술은 일인칭으로 하여 경험을 토대로 작가가 자기 생활을 그려내는 글이다.

(5) 심미적이며 철학적인 글이다.

수필은 작가의 심미적 안목과 철학적 사색의 깊이가 드러나는 글이다.

(6) 유머와 위트 그리고 비평 문학이다.

수필은 단순한 생활의 기록이나 객관적 진리의 서술이어서는 문학으로서의 가치를 갖지 못한다. 그것을 통해 삶의 의미가 드러나야 한다. 또 유머와 위트가 있어야 하며, 냉철한 비평 정신이 깃들어야 한다.

(7) 비전문적인 문학이다.

수필은 초등학생부터 어른까지 누구나 쓸 수 있는 비전문적인 글이다. 그러나 사물에 대한 깊은 통찰력과 개성이 드러나야만 한다.

2. 수필 창작 방법

1) 수필 창작 요령

수필 쓰기는 삶의 일상에 시선을 돌려 처음부터 거창한 주제나 소재로 쓰지 말고 일상에서 겪는 생활 체험을 쓴다. 예를 들어 소풍 가는 날 있었던 일, 공원에서 만난 사람, 설날 지낸 이야기 등의 가볍고 접근하기 쉬운 글감으로 써야 한다. 무엇보다 글을 솔직하게 쓰려는 태도를 가져야 한다. 체험하지도 않은 사실을 꾸미려 하면 글이 써지지 않는다. 수필은 허구를 다루는 게 아니기 때문에 솔직하게 써야 한다. 그리고 명문이나 미문을 쓰려는 욕심을 갖지 않아야 한다. 명문이나 미문 의식은 실속 없는 글이 되게 한다. 소박하면서 진솔한 글이 수필 쓰기의 첫걸음이 된다는 사실을 잊어서는 안 된다.

수필은 한 편의 글이나 한 단락에 하나의 주제나 소주제를 담는 짧은 형식의 산문이다. 한 편의 글이나 한 문단 안에 너무 많은 내용을 담으려고 하지 말아야 한다. 그렇지 않으면 주제가 흐트러지고 결국에는 무슨 말을 하려고 하는지 종잡을 수 없게 된다.

수필을 잘 쓰려면 일기 쓰기와 같이 글쓰기를 생활화한다. 일기는 좋은 수필 문학을 싹틔울 수 있는 텃밭이다. 하루 동안 인상 깊었던 사건을 간략히 기록한 후 그에 대한 감상을 덧붙여본다면 좋은 수필이 될 수 있다. 그리고 사물의 다양한 면을 보려고 노력한다. 보잘것없어 보이는 사물이라도 모두 쓸모나 존재 가치를 지니고 있다. 입장을 바꾸어 생각해본다면, 평소에 깨닫지 못하던 새로운 면이 보일 것이다.

문학작품이 교훈과 감동이 있는 글이어야 하지만 억지로 감동이나 교훈을 주려고 하면 안 된다. 억지로 감동이나 교훈을 주려고 하면 역효과가 난다. 문장은 수식을 적게 하고 내용은 진솔하게 쓰며, 위트와 재치를 드러내면 효과적이다.

수필을 쓰기 위해서는 감동적이거나 인상 깊은 것은 항상 메모하는 습관을 가져서 삶의 순간순간에서 의미 있는 소중한 것들을 놓치지 않아야 한다.

수필의 짜임은 직렬적, 병렬적, 혼합적 짜임이 있는데, 직렬적인 것은 인과(因果)나 시간적 순서, 공간적 순서 등의 유기적인 관계에 놓이는 짜임이다. 그리고 병렬적인 것은 유기적 관계가 없이 독자적으로 존재하면서 주제를 드러내는 짜임이다. 혼합적인 것은 직렬 구성과 병렬 구성이 혼합되어 있는 짜임이다.

2) 수필 쓰기의 실제

(1) 서두 쓰기

서두 쓰기는 글의 내용, 방법 등을 밝히고, 글의 주제나 관련 화제를 직접 제시한다. 그리고 독자의 주의를 집중시키는 방법으로 인용, 예화, 경험을 활용한다. 그리고 쓰고자 하는 대상의 뜻을 정의하는 것으로 시작하기도 한다.

(2) 본문 쓰기

본문 쓰기는 개요에 따라 글을 전개하는 것으로, 단락의 소주제문을 충분히 뒷받침하는 문장으로 구성한다. 그리고 접속 어구에 유의하여 단락과 단락을 매끄럽게 한다. 실제의 내용을 쓰는 부분으로 한 편의 글에서 대부분을 차지하게 된다. 다섯 단락 정도의 글이라면 세 개의 단락은 본문에 해당한다고 볼 수 있다.

(3) 결말 쓰기

결말 쓰기는 본문을 요약하고 보충하는 것으로, 남은 과제나 전망을 제시한다. 그리고 암시나 여운을 남기게 되는 부분이다. 이 부분에 대부분 전체 글에 대한 의미가 부여되는데, 이것을 의미화 과정이라고 한다. 체험이나 견문이 수필이 될 수 있는 것은 의미화 과정을 통해 글이 철학적이면서 교훈적인 주제로 거듭나기 때문이다. 사실과 느낌을 열거하는 것으로는 품격 있는 수필이 되기 어렵고 의미화가 필요하다.

(4) 고쳐쓰기

글이 좋은 글이 될 수 있는 데에는 고쳐쓰기가 많은 부분을 차지한다. 쉽게 완벽한 글을 쓰기는 불가능하다. 그렇기 때문에 여러 차례의 고쳐쓰기가 필요하다. 고쳐쓰기는 불필요하거나 지나친 부분은 줄이고 과장이 심한 부분을 삭제하는 삭제의 원칙과 미비한 부분, 빠뜨린 부분을 첨가하거나 보충하는 부가의 원칙, 글의 순서를 바꾸어 표현의 효과를 높이는 재구성의 원칙이 있다. 고쳐쓰기, 즉 퇴고의 단계는 전체의 글의 퇴고 → 단락 수준의 퇴고 → 문장 수준의 퇴고 → 단어 수준의 퇴고로 이루어진다.

예시 1   장현숙, 「관계의 미학, 행복의 투이새를 찾아서」 전문

인간은 누구나 관계를 맺으며 살아간다. 이 관계를 통해서 사랑하고 미워하고 슬퍼하고 때로는 절망한다. 타인과의 관계 속에서 어떤 사람은 인간적으로 성숙되기도 하지만 어떤 사람은 완전히 인간성을 상실한 채 파괴되기도 한다. 그리고 인간은 관계 속에서 상대방을 바라보기도 하지만 자기 자신의 참모습을 바라보기도 한다. 관계는 자기 자신을 들여다보는 문인 것이다.

돌이켜보면 나 역시 수많은 관계 속에서 아파하고 갈등하고 사랑하고 절망하며 살아왔다. 때로는 생각의 차이를 수용할 수 없어서, 때로는 신념과 가치관이 다르다는 이유로, 때로는 상대방의 감정과 정서를 이해할 수 없어서 힘들어했던 것 같다. 이제 세월이 흘러 중년으로 접어들면서 생각의 차이, 가치관의 차이, 정서의 차이를 상대방의 개성으로 그대로 수용하고 인정하려고 노력한다. 인간이 인간을 변화시킨다는 것은 지극히 어려운 일이라는 것을 깨달았기 때문이다. 사랑하는 관계에서조차도 그 사람을 변화시키는 것은 지난한 일이다. 사소한 습

(계속)

(앞에서 계속)

관을 고치게 하는 것도 어렵고 가치관을 변화시키기도 어려우며 공감
대를 형성하고 감정을 공유하기도 쉬운 일이 아니다. 상대방을 이해시
키는 것도 어려우며 설득하는 것은 더더욱 쉽지 않다는 것을 깨달았기
때문이다.

이렇게 한 사람과 한 사람 사이에 놓여진 간극, 그 거리가 좁혀지기
어려워, 생텍쥐베리는 "사랑은 마주 보는 것이 아니라 함께 같은 방향
을 보는 것이다"라고 말했는지 모른다. 영원히 평행선을 달리고 있는
관계, 결코 좁혀지지 않는 부부관계, 부모와 자식과의 관계, 타인과의
관계 속에서 우리들은 끊임없이 갈등하고 분노하고 절망하는 것이다.

세상에 존재하는 다양한 관계 중에서도 가장 근본이 되는 관계는
부모와 자식 관계, 그리고 부부관계라고 할 수 있다. 부부관계가 원만
해야 자식과의 관계도 원활할 수 있기 때문이다. 부부관계가 원만하지
않을 때 부모는 정서적으로 자식에게 불안감과 두려움을 주게 됨으로
써 자녀로 하여금 성숙된 자아를 갖게 하는 데 실패하는 경우가 많다.
어느 전도사는 부부관계에 접근하는 길이 신앙으로 인도하는 가장 빠
른 길이라고 말했다. 그만큼 부부관계의 문제점이 심각하다고 볼 수
있는 것이다. 그래서 시몬 드 보부아르는 『제2의 성』에서 "결혼과 사랑
의 조화는 대단히 힘든 일이어서 신의 간여가 필요하다"고 말했다.

부모와 자식 관계에서도 역시 끊임없는 인내와 희생과 이해가 요구
된다. 가족이 아닌 타인과의 관계에서는 서로 조화되지 못하고 공감하
지 못하면 관계를 끊어버리면 그만이다. 하지만 혈연으로 얽혀진 가족
관계에서 빚어지는 갈등들은 문제가 해결되지 않으면 서로에게 가장
큰 상처를 남기게 된다. 그래서 상처는 가장 가까운 관계에서 가장 많
이 받게 된다는 것이다. 서로에게 어쩔 수 없이 주는 상처, 그 상처를
치유하기 위해서 필요한 것은 '용서'이다.

한때 나의 역할 중에서 가장 힘든 역할이 무엇일까, 심각하게 생각
한 적이 있었다. 선생의 역할, 딸의 역할, 아내의 역할, 엄마의 역할,

(계속)

(앞에서 계속)

며느리의 역할 중에서. 그중 가장 어렵고 만족스럽지 못한 역할은 바로 엄마의 역할이었다. 아이들에게 공부만을 강요하는 한국의 교육 환경 속에서 아이들도 상처받고 그에 따라 부모도 상처받고 스트레스 받는 것이 오늘날 한국의 현실이다. 부모가 바라는 성적의 기대치에 미달하면 알게 모르게 아이들을 억압하고 이에 따라 아이들은 절망하고 반항하다가 일탈하고 마는 것이 오늘날 한국의 교육 현실인 것이다. 이러한 한국의 교육적 상황하에서는 아이들도 부모도 모두 슬프다.

나와 아들 역시 이 불합리한 제도 속에서 상처받을 수밖에 없었다. 그래서 나는 군대에 간 아들에게 용기를 내어 용서의 편지를 썼다. 본의 아니게 엄마가 상처를 주어서 미안하다고. 용서하라고. 나는 직장 생활을 하고 있었음에도 불구하고 아들에게 최선을 다해 뒷바라지했다고 장담한다. 그럼에도 불구하고 아이에게 정신적으로 상처를 주었으며 눈에 보이지 않는 희생을 강요했음에 틀림없을 것이다. 시간에 맞춰 강의를 하러 가야 했다. 처음으로 부른 도우미 아줌마가 제 시간에 오지 않았다. 전화로 유아원에서 돌아오면 어느 장소에서 기다렸다가 데려오라고 했다. 그런데 서로 어긋나 문방구에 아이가 울면서 맡겨져 있었다. 지금도 그 일을 생각하면 가슴이 섬뜩해지고 안쓰러워진다. 어린 마음에 얼마나 무섭고 막막했을까.

강서구 등촌동에 사시는 친정엄마가 2시간 가까이 걸려 성북구 월계동에 있는 나의 집까지 오셔서 근 1년 동안 아들을 봐주셨던 일. 시어머님 댁에 아들을 일주일에 서너 번씩 맡기고 열두 시가 되어 아들이 잠들어서야 비로소 '날아라 방석'에 태워 집으로 돌아왔던 일. 생각해보면 참 지난하고 험난한 인생의 여정이었다. 아직도 한국 사회에서 여성들이 직업을 가지고 자녀를 양육하려면 곳곳에서 이런 일들이 벌어지고 있는 것이다. 그나마 친정 부모든 시부모든 돌보아줄 가족이 있으면 천만다행인 것이다.

어느 날 후배 한 명이 불쑥 말했다. "선배, 요새는 아들과 잘 놀아

(계속)

(앞에서 계속)

주세요?"라고. 나는 놀라 "무슨 말이야?"하고 반문했다. 후배는 "몇 년 전에 아들이 놀아달라고 했을 때, 엄마 박사 받으면 놀아줄게라고 했다던 말이 기억나서요."라고 말하는 것이었다. 아, 그랬었구나. 지금도 『소설원론』의 속지 안에 쓰인 아들의 '노라줘'라는 글씨를 볼 때면 가슴이 먹먹해지고 아려온다. 어찌 보면 나도 부모로서 아들을 위해 희생했지만 남편과 아들 역시 내가 직업을 가짐으로써 힘들고 희생한 부분이 있었을 것이다. 미안한 마음에 나는 정년 후에 연금을 받으면 남편과 아들에게 경제적으로 도움을 주게 되므로 그 희생의 몫을 갚을 수 있어 다행이라고 자위한다. 이렇게 나에게 '엄마'의 덕목과 인내와 희생을 끊임없이 되묻게 하던 아들도 이제 성인이 되어 사회인이 되기 위한 준비를 하고 있다. 그도 나의 아들이기 이전에 성숙한 독립적인 개체가 된 것이다.

프랑스 정신분석의인 줄리아 크리스테바는 『사랑의 역사』에서 "인간의 한 평생은 거대하고 영원한 사랑의 과정이다"라고 말한다. 인간의 삶은 곧 사랑의 역사이며 생의 모든 문제는 사랑에서 비롯된다는 것이다. 사랑을 이루기 위해서는 나무에 물을 주듯이 상대방에게 끊임없는 관심을 주어야 하며 이해와 배려와 인내를 가져야 한다고 생각한다. 아름다운 사랑도 추억도 많이 저축해놓았다가 위기 상황에 그것을 꺼내 써야 하는 것이다. 왜냐하면 사랑은 순간순간 감정의 파장에 따라 움직이고, 시간과 세월에 따라 움직이고, 대상에 따라 움직이기 때문이다. 같은 대상이어도 나의 나이에 따라 혹은 상대의 나이에 따라 사랑의 감정은 달라지게 마련이다. 갓난아이 때 마냥 사랑스럽기만 하고 기쁨을 안겨주었던 자식의 존재는 성장하면서 슬픔의 존재가 된다. 그리고 어느 날 원수가 아닌 '웬수'의 존재로 탈바꿈하기도 한다. 그리고 평생의 짐이며 굴레이고 동시에 버팀목과 같은 존재가 되는 것이다.

자식에게 조금도 부담을 주고 싶어 하지 않았던 친정 부모님이 이

(계속)

(앞에서 계속)

제 팔순이 되셨다. 한없이 심성이 착하고 과묵하셨던 친정아버님이 뇌졸중으로 쓰러져 4년째를 병상만 누워 계신다. 온종일 천장만 바라보는 세월이 얼마나 힘겨울까 생각하면 가슴이 무너진다. 지난번 열흘이 넘게 병원에 못 들르자 아버지는 "너희들은 나한테 관심이 없는 것 같아"라고 눈시울을 적시며 어눌하게 말씀하셨다. "아니에요. 아버지, 그게 아니고 사회생활 하다 보면 바빠 그래요. 매일매일 아버지 생각해요."하고 구차한 변명을 늘어놓자 그제야 편안해하시던 아버지. 자식에게는 무조건 희생적이셨던 아버지. 단 한 번도 자식에게 싫은 소리 하지 않았던 아버지이기에, 자식에게 짐을 지우려 하지 않았던 아버지이기에, 아버지의 그 말씀이 더욱 슬프게 다가온다. 그런 아버지에게 나는 '사랑한다'는 말도 하지 못하고 있다. '사랑한다'는 말은 아직도 나에게 어색하고 낯설다. 언제쯤 나는 인간을 완전하게 온전하게 사랑할 수 있을까.

영화 〈흐르는 강물처럼〉은 이 점에서 나에게 많은 것을 생각하게 한다. 목사인 아버지에게는 두 아들이 있다. 빅플렛풋 강의 소리, 4박자 리듬에 맞춰 아버지는 두 아들에게 플라잉 낚시를 가르친다. 신중하고 지적인 큰 아들 노만은 문학교수가 되어 돌아온다. 자유분방한 작은 아들 폴은 기자가 되지만 포커를 즐기며 나쁜 무리와 어울리다가 살해당하고 만다. 아버지는 아들을 잃은 슬픔 가운데에서 죽을 때까지 아들 폴을 못 잊은 채 생의 마지막 설교를 한다.

누구나 일생에 한번쯤은 사랑하는 사람이 불행에 처한 것을 보고 이렇게 기도합니다.
"기꺼이 돕겠습니다. 주님. 그러나 필요할 때 가장 가까운 사람을 도와주지 못합니다. 사실 우리는 필요할 때 무엇을 도와주어야할지 모르며 어떻게 도와야할지 알지 못합니다. 그들이 원치 않는 도움을 줍니다. 이렇게 서로 이해하지 못하는 사람들과 살

(계속)

(앞에서 계속)

아가고 있다는 사실을 알아야 합니다. 그렇다해도 우리는 사랑할 수는 있습니다. 완전한 이해 없이도 우리는 완벽하게 사랑할 수 있습니다."

우리는 서로 이해하지 못하는 사람들과 공동체를 이루며 살아가고 있다는 사실과 세상에는 다양한 사람들이 살고 있으며 그들을 있는 그대로, 그들 자체로 인정하고 받아들여야 한다고 목사는 말하는 것이다. 그는 비록 작은 아들을 완전히 이해하지는 못했지만 완벽하게 사랑했다고 고백하는 것이다.

세월을 살아오면서 몇 가지 터득한 사실이 있다. 관계는 자기 의지로 선택되어야 한다는 것, 선택한 관계는 최선을 다해 책임을 져야 한다는 것, 포기도 때로는 진정한 용기일 수 있다는 것. 인간은 누구나 상대가 누구이든 간에 자기 나름의 방식대로 사랑한다는 것, 사랑하는 방식은 제각기 다 다르다는 것, 진정한 사랑에 도달하는 길은 멀고 험난한 여정이라는 것, 그러나 가장 가까운 사람부터 온전하게, 완벽하게 사랑할 수 있다면 행복하다는 것.

나는 여행을 즐긴다. 아름다운 자연과 교감하고 있을 때 그 어느 때보다도 자유롭고 편안하다. 그리고 평화와 위로를 받는다. 내가 여행을 즐기는 이유는 어쩌면 인간관계의 복잡함과 불편함에서 벗어나고 싶은 것일지도 모른다.

뉴질랜드에는 키위새가 산다. 암컷은 자기 몸의 5분의 4를 차지하는 알을 낳다가 70~80%는 죽는다고 한다. 그러면 수컷은 홀로 새끼를 돌보며 남은 생을 외롭게 살아간다고 한다. 엄청나게 정조와 지조가 강한 새이다. 비둘기 역시 자신의 짝이 기다리는 고향을 찾아 후각을 동원하여 날갯짓을 하여 험난한 여정을 거쳐 귀환한다고 한다. 반면 고슴도치는 자신의 가시를 세워 일정한 간격을 두고 사랑을 한다고 한다.

(계속)

(앞에서 계속)

　　키위새나 비둘기의 사랑 방식이 옳은 것인지, 고슴도치의 사랑 방식이 옳은 것인지는 이 나이에도 잘 모르겠다. 다만 가장 가까이 있는 사람들과의 관계에서부터 행복한 관계를 만들어가야 한다는 것, 그것이야말로 인간 세상에서 평화와 사랑이 실현되는 지름길이라 믿는다. 버트런드 러셀은 『행복의 정복』에서 자기 반성과 여행 그리고 자신들보다 어렵고 불우한 사람들과의 소박하고 진실한 대화를 통해, 현대 사회에서도 행복할 수 있다고 믿었다. 그러므로 이제 나도 사랑에 대한 낙관주의자가 되어야 할까 보다.

　　이제 나도 아버지 생전에 '사랑한다'고 진심을 담아 편지를 써야겠다. 어머니에게도 남편과 아들에게도 편지를 써야겠다. 행복의 투이(Tui)새*를 찾아서.

* 투이새는 뉴질랜드에 서식하는 새로 '행복'을 가져다주는 새라고 한다. 호록호록, 휘익휘익 등 5가지의 다른 소리를 낸다고 한다.

출처: 『시와 사람』 2011년 봄호

예시 2　　김유경(학생), 「봄비」 전문

　　툭 투툭 솨아아아아 봄비가 내린다. 새파란 봄 하늘에 거뭇거뭇 먹구름이 끼고 요 며칠 따뜻했던 날이 있었기나 했냐는 듯 날씨가 금세 추워져버렸다. 눈부신 햇살에 활짝 피었던 벚꽃들은 비에 젖어 무거운 몸을 축 늘이고서 한 송이 두 송이 땅으로 툭툭 떨어진다.

　　"이 정도 비면 맞아도 괜찮아." 친구와 나는 차갑게 내리는 비에도 아랑곳하지 않고 공원을 걷는다. 고등학교 1학년 때 처음 만나 3년을 함께해온 가장 친한 친구가 고등학교 졸업 후 '재수생'이라는 타이틀을 가지게 되었다. 예전에는 거의 매일 만나다시피 했었는데 요 근래 자주

(계속)

(앞에서 계속)

못 만나서인지 주위가 깜깜해졌다는 것을 눈치 채지 못하고 서로 가지고 있던 이야기보따리를 하나씩 하나씩 풀어놓는다.

낄낄 깔깔 하하 호호 신나서 방방 뛰다가 어느샌가 젖어버린 고무블록에 미끄러질 뻔하고 그 모양새가 우습다며 다시 한 번 낄낄낄 웃는다. 놀이터 안에 젖어 있는 플라스틱 그네 의자를 조금 전 500원짜리 아이스크림을 사먹었던 패스트푸드점에서 뜯어온 화장지로 쓱쓱 닦고는 얼른 가서 앉는다. 어린 시절로 돌아간 듯 누가 높이 올라가나 시합도 해보고 "야 우리 이제 늙었나 봐. 몸이 예전 같지 않아. 그네 타니까 어지럽고 멀미 나!" 라고 장난스러운 말도 던져본다.

금방 지나가는 소나기일 것 같았던 비가 점점 더 많이 온다. 서둘러 비를 피하기 위해 공원의 정자 안으로 신발을 벗고 들어갔다. 공원에 있던 사람들이 한 명 한 명 떠나가고 주변에 보이는 사람이 한 명도 없다. 나무와 흙들이 만들어주는 그늘지고 어두운 배경과 비가 만들어준 서늘한 분위기 탓에 오싹한 분위기가 감돌지만 우리는 또다시 수다의 꽃을 피워낸다.

고등학교에서 비 오는 날 양말은 사물함 위에 널어놓고 맨발로 수업 듣던 날을 떠올리며 그리움 속에 젖어들기도 하고 문학 시간에 배웠던 황순원의 「소나기」를 떠올리면서 그때의 분위기가 이랬을까 상상해보며 마치 소나기의 여주인공이 된 마냥 대사도 말해본다.

'얘, 넌 이름이 뭐야? 너 저 산 너머에 가본 일 있니? 우리 가보지 않으련?'

활동 및 과제

1) 자유로운 소재로 수필을 써보자.

2) '관계'를 주제로 수필을 쓰고 발표하자.

제**4**강

신문 칼럼 쓰기

달이 빛난다고 말해주지 말고,

깨진 유리조각에 반짝이는 한 줄기 빛을 보여줘라.

안톤 체호프

1. 칼럼의 유래와 특징

칼럼은 기둥을 뜻하는 라틴어 칼룸나(columna)에서 유래했다. 신문, 잡지 지면의 난(欄), 특별 기사, 상시 특약 기사, 매일 일정 지면에 연재되는 단평란이 여기에 해당한다.

칼럼의 특징은 다음과 같다. 칼럼은 기사의 일종으로 그 영향력이 동일하다. 따라서 칼럼을 쓸 때는 글에 대한 반론을 제기할 가능성을 염두에 두어야 한다. 그래서 철저한 자료 수집, 체계적이고 객관적인 전개가 필요하다. 또한 보도에서 저명성이 차지하는 비중이 크므로 반박 상대에 대한 사회적 지명도, 저술 활동, 경력과 사회적 통념에서 앞설 때와 기자(프리랜서)의 위치가 어느 정도 영향을 미친다는 사실을 감안해야 한다. 주장과 근거가 체험에 바탕을 둘 때 논증 구조는 빛난다. 즉 직접 체험하는 글을 써야 좋다는 뜻이다.

2. 칼럼 유형과 구조 및 역할

본드(Bond, 1901)는 기명논설 칼럼, 표준 칼럼, 잡탕형 칼럼, 기고가 칼럼, 에세이 칼럼, 운문 칼럼, 정보통의 칼럼으로 구분했다.

1) **심층 보도 칼럼—전문가 의견 칼럼**　사건 이슈의 기승전결, 이라크 파병, 미군 감축
2) **의견 개진 칼럼**　관찰자 입장, 서평, 시사 비평, 부동산 정책, 수도이전 찬반 논쟁
3) **가십, 잡담 칼럼**　인사 부패 문제, 세상사와 문화패턴
4) **유머 칼럼**　짧은 시, 재담, 인생사의 희로애락, 농담 속의 진담
5) **에세이 칼럼**　자선냄비, 시골 농사꾼 교수 이야기, 물질과 인정, 지하철 어린애 구하기
6) **개인 일기 칼럼**　장·차관의 글, 기업 총수의 글, 루스벨트 대통령

칼럼은 여론 형성 기능, 공론의 장, 사회적 국가적 합의점을 도출 과정과 절차의 기둥(물과 불) 역할을 한다. 칼럼은 공론화 → 쟁점 및 독자 인지 → 의제 설정 기능 → 이슈 논쟁과 경쟁의 장 → 사회적 합의에 이르는 것이 가장 궁극적인 역할이다. 언론의 역할이 중요한 것은 바로 이슈 논쟁의 장에서 합의점을 도출하는 과정이기 때문이다.

매체에 칼럼을 게재하는 이유는 무겁고 논리적인 지면을 부드럽고 문화적 대중성 있는 글로 희석화하기 위함이다. 그래서 주로 시인, 종교인 등이 등장한다. 논점에 대해 독자에 대한 다양한 의견을 제시하는 원론적인 취지 외에도 저명성을 통해 자기 매체의 위상을 견인하

고 학자 그룹을 통해 편집 취지, 논리 타당성 등을 전파하기 위함이다. 또한, 판매 및 광고 확대를 위한 마케팅적인 요소도 고려한다.

칼럼은 세 가지 논증 구조를 가지고 있다. 첫째, 무엇을 이야기하고자 하는가? 여기서는 문제 제기와 주장, 주제와 핵심을 제시한다. 둘째, 그 주장을 무엇으로 뒷받침하는가? 사례 제시와 논리적 근거를 제시한다. 셋째, 문제 제기와 사례를 뒷받침하는 결론 부분이다. 보증 구성 단계이다.

따라서 좋은 칼럼을 쓰려면 체험을 바탕으로 하는 것이 좋다. 또한 독서량, 정보량이 풍부해야 하고 제재의 시의성이 일치해야 한다. 나아가 사회적 갈등과 화해를 다루어야 한다. 마지막으로 독자가 이해하기 쉽고, 사회적 공감대를 형성해야 하며, 정책에 반영될 수 있는 문제 제기와 대안을 제시한 칼럼이 좋다. 특히 칼럼이 시의성과 사회적 책임을 가지고 있기 때문에 칼럼니스트는 언론인으로서의 책임을 가져야 한다. 물론 매체를 발행하는 언론사도 공동 책임을 진다.

예시 1　　조민후(학생), 「'메타적 시선', 이분법 극복의 이정표」 전문

요즘 뉴스에선 우리 사회의 기형적 '갑을(甲乙) 관계'에 대해 연이어 폭로하고 있다. 이번 남양유업 사태를 비롯하여, 포스코의 '왕상무'나 프라임 베이커리의 '빵회장'까지. 그동안 우리 국민이 앓아왔던 분노가 여기저기에서 터지고 있다.

하지만, 이 관계를 꼭 갑과 을로밖에 나눌 수 없는가? 우리는 대개, 갑을 관계뿐만 아니라 다른 많은 것들을 이분법적으로 나누는 경향이 있다.

(계속)

(앞에서 계속)

　이런 이분법적 사고는 '불안함'에서 시작된다. 자신의 위치를 정하고, 반대편에 적을 두어야 자신의 존재가 확인되기 때문이다. 하지만 이는 개인에서 사회로 확장되어, 한국 사회에 만연해 있는 분노와 적개심을 일으키는 원인으로 작용한다. 여당과 야당으로 나누어진 정치체계에서 우리는, 안철수 등의 인물을 통해 새로운 당의 출현을 기대하고, 이로써 네 편-내 편, 보수-진보의 이분법적 강요로부터 벗어나고자 한다.

　비단 정치뿐만 아니라 일상의 사소한 선택 등, 현재 우리 사회에 만연해 있는 이분법적 사고에서 벗어나려면, '메타적 시선'으로 사회를 바라봐야 한다. 여기서 메타적 시선이란, '어떤 범위나 경계를 넘어서거나 아우르는 것'이라고 정의할 수 있는 '메타적'과 '시선'을 합친 것으로, '현재의 자신을 어떤 것의 경계를 넘어 상대화시킬 수 있는 것'으로 정의할 수 있다.

　이러한 메타적 시선은 우리가 '재미있을 때' 가능하다. 재미와 메타적 시선은 마치 동전의 양면과 같아서, 긴장감을 유발하는 추리소설이나 일명 막장드라마를 즐길 때, 우리는 그 것이 허구라는 걸 인식한다. 이때, 자신과 드라마를 상대화하는 '메타적 인지능력'이 메타적 시선을 가능케 하는 것이다.

　TV를 켜면, 우리는 리얼리티 예능 프로그램을 자주 접할 수 있다. 그전보다 많아진 이런 예능 프로그램이 인기 있는 이유도, 바로 메타적 시선의 영향이다. 이제까지 일방적인 소비자였던 우리에게, 리얼리티 프로그램은 '자막'을 통해 끊임없이 소통을 요구한다. 이는 출연자의 목소리였다가, PD의 목소리였다가, 시청자의 마음을 대변하기도 한다. 계속해서 장르를 넘나들며 우리를 즐겁게 한다.

　오늘날 우리가 사는 사회는 너무 복잡하고 삭막하다. 이럴 때 바로 '재미'를 되찾아야 한다. 삶이 재미있어야 비로소, 이분법적 사고를 극복할 수 있다. 당장 우리의 모습에 비추어봤을 때, 나 자신이 행복하고

(계속)

(앞에서 계속)

즐거워야 남이 하는 '다른 이야기'도 즐겁게 받아들일 수 있지 않은가? 바로, 이런 다른 이야기를 수용하고 배려하는 과정을 통해, 우리는 현재의 극과 극의 이분법적 갈등에서 벗어날 수 있다.

좌파와 우파, 양 끝으로 나아가는 한국 사회에서 우리는 메타적 시선으로 세상을 바라봐야 한다. 이는 곧 극과 극, 둘 사이의 경계를 무너트리고 새로운 방향으로 나아가는 것이다.

현재의 고리타분한 이분법적 사고에서 벗어나, 새롭고 독창적인 메타적 사고를 통해 미래를 개척해나가는 것. 그 것이 바로 현대사회를 살아가는 우리가 나아가야 할 '이정표'인 것이다.

3. 신문 기사문 쓰기

기사문이란 알릴 만한 가치가 있는 사실을 객관적으로 쓴 글이다. 기사문은 기본적으로 육하원칙에 따라 쓴다. 기사를 형식적으로 분류하면, 스트레이트 기사, 르포 기사, 해설성 기사가 있는데, 스트레이트 기사는 육하원칙으로 쓰며 사건을 전달하는 기사이다. 르포 기사는 사건이 벌어지는 현장을 스케치하는 것이며, 해설성 기사는 사건이 벌어진 배경 등을 전문가의 분석을 바탕으로 설명하는 기사이다. 기사문의 특성은 보도성, 사실성, 공정성, 간결성, 객관성, 정확성, 신속성이라고 할 수 있다.

기사문은 표제, 부제, 전문, 본문, 해설의 순서로 작성하게 되는데 중요한 사실부터 기술한다. 표제는 기사의 핵심이며, 중요한 내용을 압축적으로 표현한 것이다. 부제는 큰 기사일 때 사용하는데, 표제를 뒷받침하여 내용을 구체적으로 쓰는 것이다. 전문은 표제에서 제시한 내용을 요약문의 형식으로 하여 자세하게 밝히는 것이며 본문은 내용을 상세하게 적은 것으로 육하원칙에 따라 쓴다. 마지막에 사건의 전망이나 분석 평가 등의 해설을 쓴다.

기사문을 작성할 때에는 객관성, 공정성을 가지고 써야 하며 주관적 표현은 삼가야 한다. 정확한 사실을 바탕으로 문장은 간결하고 명료하게 육하원칙에 따라 쓴다. 그리고 독자가 이해하기 쉽게 도표나 사진 그림 등을 이용할 수 있고, 제목과 부제목이 적절해야 한다.

4. 시사 비평문

시사 비평이란 사회의 다양한 모습을 비판적으로 사유하는 형식의 글쓰기다. 우리 사회에서 일어나는 사회와 문화의 제반 현상에 대해 관찰하고 분석함으로써 사고력을 길러주는 것이 시사 비평문 쓰기라고 할 수 있다. 끊임없이 경험하고 부딪치게 되는 대중문화 속에서 그것을 판단하고 비평한다는 것은, 이 시대를 살아가는 한 주체로서 사회적 의미와 역할에 대하여 숙고할 수 있는 계기를 마련할 수 있다.

시사 비평문의 종류로는 시론, 시사 칼럼, 논설을 들 수 있다. 시사 문제에 대한 평론으로 여론의 동향을 표출하는 글은 시론이다. 시사 칼럼은 신문 잡지 등에서 시사적인 문제에 대하여 간단한 촌평 형식으로 쓰는 글이다. 논설은 시사 비평 가운데 가장 논리적이고 논증적인 글쓰기이다. 그러므로 글쓰기에서 객관적인 근거가 제시되어야 하며 독자들은 논설을 읽을 때 비판적 태도가 요구된다. 시사 비평문을 쓸 때에는 시사 문제에 관한 자료를 수집하고 그 문제를 분석하는 과정이 필요하다.

비평문을 쓰는 방법의 순서를 보면, 우선 사건에 관한 객관적 사실을 파악하기 위해 사건을 둘러싼 주변 상황에 대한 정보 수집을 한다. 다음은 자료를 평가하고 분석하는 과정을 거치고 그 후에 사건에 대한 비평적 방향을 결정한다. 서두에서는 비평의 방향에 대하여 기술한다. 본문에서는 문제점과 이유를 기술하고, 비평자의 주관적 견해와 평가 등으로 마무리한다.

비평문을 쓰고 퇴고하는 과정에서 논지는 일관성을 유지하고 있는가, 주제는 잘 드러났는가, 논거의 제시는 충분한가, 타당하지 않은 논거를 제시하거나 일반화의 오류를 저지르고 있지 않은가, 구체성이 있는가, 예시는 적절한 것을 사용하고 있나, 소재나 주제 또는 표현에 있어 독창적인가 하는 것들을 생각하고 고쳐쓰기를 해야 한다.

예시 1 김수인(학생), 「결혼의 필요조건」 전문

우리가 추구하는 모든 일들은 행복을 위하여 행해진다. 우리가 좋은 대학에 들어가고자 아등바등 애쓴 이유는 무엇일까. 우리가 일주일 중 최소 하루만 쉬면서 일해온 이유는 무엇일까. 왜 우리는 끊임없이 자아실현을 추구하고 기대할까. 그것들이 행복할 가능성을 높여준다고 믿기 때문이다. 마찬가지로, 우리는 행복해지겠다는 의지와 기대의 산물로 결혼을 선택한다. 종족보존이라는 의무가 아닌 선택의 결과이다.

선택의 계기는 저마다 다를 것이다. 누군가는 말년을 함께할 사람의 부재가 두려웠을지 모른다. 또 다른 누군가는 삶의 이유를 가족으로 삼고자 했을지 모른다. 모두가 하기 때문에 막연히 하면 좋으리라는 생각을 가진 이도 있을지 모르겠다. 하지만, 단언할 수 있는 것은

(계속)

그 계기와 상관없이 결혼은 사랑을 전제로 이루어져야 한다는 것이다.

그 사랑은 미약한 것이라도 긍정적인 감정이어야 하고 위대해질 수 있는 가능성을 품은 감정이어야 한다. 사람은 동반자에게 많은 것을 기대할 수 있지만 그 기대에 그 사람을 맞추길 바라서는 안 된다. 결혼은 존중이라는 깃발 아래 배려하며 발을 맞추어 나가는 행진이다. 행진을 해본 적 있는가? 발을 맞추어 나가는 것은 꽤 신경 쓰이는 일이다. 옆 사람의 보폭과 내미는 발은 물론 전체의 대열 속 자신의 위치를 수시로 확인하고 고쳐나가야 한다. 사랑이 없는 결혼이 오래가지 못하는 이유는 자신과 다른 발을 계속 내미는 상대를 견딜 수 없기 때문이다. 이혼하는 사람들이 꼽는 이혼 사유 1순위는 성격 차이다. 사실 성격은 차이가 날 수밖에 없다. 우리는 본질적으로 완전히 다른 개체들의 집합이기 때문이다. 우리는 사랑으로 차이를 메워나갈 뿐이다. 사랑으로 타인의 결함을 보지 못한 척 가려줄 수 있을 뿐이다.

미래라는 단어는 미묘한 설렘과 걱정을 담고 있다. 미래에 무슨 일이 일어날지는 예측할 수 없는 만큼 사실 매력적이기도 하다. 그것은 깊은 동굴 속에서 급작스럽게 마주한 거대한 궤짝과 같다. 그 안에는 진귀한 보물이 있을지도 모르지만 반대로 쥐나 벌레들이 가득할지도 모른다. 그 궤짝을 열지 말지도 선택의 문제이다. 다만 궤짝에 대한 고민과 부담을 지는 것은 혼자만 하지 않아도 된다. 그것을 나눌 수 있는 사람을 찾는 것 역시 선택의 문제지만, 선택의 대가를 배우자에게로 미룰 사람은 결혼을 선택하지 않도록 해야 할 것이다. 희생은 사랑에서 비롯된다는 것을 잊어서는 안 된다. 사랑의 필요조건이 결혼은 아니지만 결혼의 필요조건은 사랑이다.

　　우리나라의 최근 결혼식 문화를 알아보기 전에 먼저 서양식 예식의 우리나라에서의 간략한 역사를 알아보고자 한다. 서양식 예식은 1910년 일제강점기를 기점으로 우리나라에서 수요가 나타나기 시작했다. 이후 6·25전쟁을 겪으면서 1960~70년대에 예식장 결혼식이 폭발적으로 증가했다. 전통 혼례는 점점 설 자리를 잃어간 것이다. 사치스러워지는 결혼 문화를 바로잡고 싶었던지 1980년대에는 허례허식을 근절한다는 기치 아래 호텔에서의 결혼식이 금지되기도 했다. 하지만 이 또한 시대의 흐름을 막을 수는 없었던 것인지 1980년대 중반이 되면서 전통혼례는 거의 자취를 감추게 됐다. 1999년 호텔에서 예식을 금지하던 법이 폐지되면서 상류층과 유명 스타들이 호텔을 결혼식장으로 이용하기 시작했다. 이 지점이 오늘날 우리에게 서양식 결혼 문화를 확고하게 자리하게 된 시발점이라 할 수 있다.

　　요즘 우리나라의 결혼식 문화는 고비용 결혼식이라는 함정에 빠져 있다. 예비 부부들은 양가의 결혼 승낙 후에 가장 먼저 하는 것이 예식장을 잡는 것이 첫 번째가 된 지 오래다. 어지간한 호텔 예식장 및 결혼 전문 예식장들은 몇 달치 예약이 꽉 차 있기 때문이다. 심지어 1년 후 예약도 이미 마감되어 있다. 결혼 비용에는 크게 주거, 혼수, 예식비 등이 있다. 그중에서도 결혼식 비용은 대표적인 사치성 소비라 볼 수 있다. 비용 면에서도 큰 부분을 차지하고 한 번 쓰면 없어지는 사치성 소비이기 때문이다. 주거나 혼수는 결혼 후 생활에서 두고두고 사용하는 것들이기 때문에 사치성 소비라 하기 힘들다. 그렇기 때문에 자기 분수에 맞는 결혼식을 하는 것이 관건이라 할 수 있다.

　　우리나라에서 전통 혼례는 자취를 감추고 서양식 예식이 자리 잡고 비싼 결혼식을 하는 것이 일반적으로 된 것에는 두 가지 이유가 있다. 첫째 전통 혼례의 복잡함 때문이다. 서양식 결혼은 웨딩드레스를 입고 움직이기 편한 옷으로 환복한 뒤에 하객들에게 인사를 드리면 끝난

(계속)

(앞에서 계속)

다. 하지만 전통 혼례는 한복을 입는 것도 복잡하고 예식 절차도 복잡하다. 빨리빨리를 외치는 현대인들과는 상극인 것이다. 둘째는 허례허식이 만연해진 것이다. 앞서 말했듯이 상류층과 유명 스타들이 호텔에서 결혼을 하고 언론은 그것을 그대로 전파한다. 이는 일반 시민들에게 저런 곳에서 결혼해야 좋은 것이라는 허례허식을 심어주는 꼴이 되어버렸다.

우리 사회에 널리 퍼진 고가의 결혼식 문화를 바꾸기 위한 세 가지 방법이 있다. 첫째 주말에 사용하지 않는 공공기관의 강당 같은 곳을 결혼식장으로 대관해주는 것이다. 요즘 짓는 공공기관 건물들은 깨끗하고 시설도 좋다. 약간의 비용만 들여서 결혼식장으로 사용할 수 있게 한다면 정부도 부부들도 원원할 수 있는 좋은 방안이 될 것이다. 둘째 정부 차원에서 전통 혼례 장려 및 지원 사업을 시행해야 한다. 법을 통해 전통 혼례 비용을 지원하고 절차도 간소하게 표준화한다면 많은 예비 부부들이 전통 혼례를 할 것이다. 마지막으로 예비 부부들의 인식 전환이 필요하다. 각자의 사정에 맞게 결혼식을 준비하고 훗날 결혼 생활을 더 멋지게 하는 것이 중요하다고 생각한다.

활동 및 과제

1) 대학생 칼럼 보낼 곳 : 페이스북 페이지 '나도 칼럼니스트'에 칼
   럼을 투고해보자. (주소 : www.facebook.com/icolumnist, 이메일 :
   opinionpage@joongang.co.kr)

2) 자유 주제로 칼럼 한 편을 쓰고 발표 및 토론하자.

3) 사랑, 결혼을 소재로 시사비평문을 써보자.

제 5 강

도서 리뷰와 비평문 쓰기

■ ■ ▪ ▪ ▪ ▪

당신만이 전할 수 있는 이야기를 써라.

너보다 더 똑똑하고 우수한 작가들은 많다.

닐 게이먼

1. 시 읽기와 시평 쓰기

1) 시 읽기

시는 인간의 정서와 사상을 언어를 사용하여 리듬감 있게 압축적으로 표현하는 문학이다. 시는 언어를 배열하고 조직하는 과정에서 운율이 생성되는 것이 보통이다. 시의 특성 가운데 하나는 운율 즉 리듬이다. 엄밀한 의미에서 모든 언어는 그 본질상 리듬을 갖지만, 시는 시어의 배열과 반복 등의 조직화 과정을 통해 리듬을 생성시키게 된다. 이 리듬은 규칙적인 모든 것에서 발견할 수 있으며, 시어를 규칙적으로 배열하고 반복하는 과정에서 음악적 효과를 만들어낸다.

시를 읽고 이해하려면 시의 표현 방법을 살펴볼 필요가 있다. 시의 표현 방법에는 비유하기와 변화 주기 그리고 강조하기가 있다. 비유하기는 표현하고자 하는 대상인 원관념을 그것과 유사한 다른 대상인 보조관념에 빗대어 표현하는 방법으로, 비유를 위한 유추는 상상력을 통해 가능하다. 이미지는 비유적 언어 표현으로 구체적인 시의 의미를 전달하는 방법이다. 변화 주기는 아이러니와 역설, 도치법, 설의법, 대구법 등이며, 강조하기는 과장, 열거, 반복, 영탄법 등이다. 이 외에도 시상의 전개 방식이나 어조 또한 면밀히 살피며 읽어야 한다. 시상 전개 방식은 시를 통해 시인이 떠오르는 시상을 효과적으로 표현하기 위해 시의 소재나 시구를 배열하는 방식이며, 어조는 시적 화자가 가지고 있는 특징으로, 어조에 화자의 태도가 함축되어 있다.

따라서 시는 형식적으로 응축성을, 내용적으로 함축성을 가진다. 그리고 산문과 다르게 논리의 비약과, 내용의 생략 및 함축의 방법으로 창작되기 때문에 이해가 쉽지 않은 경우가 많다. M. 아널드는 "시란 결국 인생의 비평이다"라고 시를 정의했다. 즉 시는 인생에 대한 새로운 해석이라고 할 수 있다.

시는 본질적으로 언어로 만들어진 구조물이다. 시인은 어떤 사물이나 상황에서 인식하거나 감동한 내용을 자신만의 언어를 사용하여 작품으로 그려낸다. 그렇다고 해서 시에서 사용되는 언어가 따로 구별되어 있는 것은 아니다. 우리가 일상생활에서 쓰는 일상어를 사용한다. 그러나 작품에 일상어가 그대로 구사되었다 해도, 그것은 시인에 의해 신중하게 선택되고 배열되는 시적 변용의 과정을 거친다는 것이 다르다. 즉 그 일상어를 어떻게 다듬고 배열하며 조직하느냐에 따라 문학적 언어로 새롭게 탄생되며, 그 시어가 가지고 있는 의미를 확장시키게 되는 것이다.

시를 읽을 때 시의 소통 구조와 시의 특성 등을 고려하는 것은 시인의 정서와 사상을 표현한 작품을 바로 이해하기 위한 것이다. 나아가 개인의 체험과 정서를 환기하며 시인의 정서에 공감하고 감동을 느끼게 되는 것이다. 문학작품은 현실 세계를 모방하여 반영하고, 작가의 정서와 사상이 투영되게 마련이며, 그렇게 창작된 작품은 그것을 읽은 독자에게 수용론적 관점에서 영향을 미치게 된다고 볼 때, 시를 읽을 때에 이러한 구조를 이해할 필요가 있다.

2) 시평 쓰기

시평은 시에 대한 해설과 비평을 말한다. 시평을 쓰기 위해서는 먼저 여러 번 읽고 음미하여, 시의 내용과 의미를 정확히 이해하고 파악해야 한다. 그러기 위해서는 시의 구조, 언어, 운율의 특성을 알아보고, 비유와 상징, 이미지, 아이러니를 분석하는 과정이 요구된다. 이를 통해 시의 요소들이 제대로 갖추어진 작품인지 알 수 있다. 시로서 미흡한 부분이 있다면 그것이 무엇인지 정확하게 찾아내야 한다. 기본적으로 시평은, 객관적 시각에서 이루어져야 하지만 시평 쓰는 이의 주관적 생각도 함께 포함되게 마련이다. 그러므로 좋은 시평을 위해서는 시에 대한 이해와 분석은 물론 예리하면서 깊이 있는 식견이 필요하다.

시평 쓰기를 할 때 고려할 점이 몇 가지 있다. 먼저 작품과 일정한 거리를 유지해야 한다. 작품에 몰입해 있으면 객관적 평가를 할 수 없고 시인의 의도에 제대로 접근하기 어렵기 때문이다. 시는 압축적이기 때문에 시인의 의도를 정확하게 읽어내기란 쉬운 일이 아니다. 그러므로 좋은 시평을 쓰려면 작품을 객관적으로 바라보고 분석할 수 있는 일정한 거리 유지가 필요하다. 또한 시인이나 작품에 대한 깊은 이해가 바탕이 되어야 한다. 시인의 정서나 사상 그리고 체험 등이 시에 투영되기 마련이기 때문에, 시인을 둘러싸고 있는 환경이나 시의 창작 배경을 아는 것은 시를 이해하는 데에 도움이 된다. 그 후 작품을 여러 번 읽고 중요하다고 생각되는 부분은 메모하여두거나 핵심을 찾아 개요를 작성한다.

시평 쓰기의 구성은 서두, 본론, 마무리의 3단 구성으로 하는 게 적당하다. 서두에는 시평 쓰기의 동기와 시인 소개 및 작품 소개 그리고 시평의 목적 등을 쓴다. 본론에서는 구체적으로 시를 분석하고 시에 대한 평가를 해야 한다. 평가에는 대상이 되는 시 작품의 가치와 의미가 드러나야 하고, 구체적인 인용과 분석에 의해 논리적으로 밝혀져야 한다. 시평 쓰는 이의 주관적 견해나 비평이 자유로울 수 있으나 그것이 적절한 논거에 의하여 논리적이고 체계적으로 제시되어야 한다. 마무리 부분에서는 시 작품이 가지는 의의나 한계점 내지 전망을 제시할 수 있다. 이렇듯 시평 쓰기는 시 작품의 진정한 의미와 가치와 시인의 세계관, 문제점 등을 평가하여 논리적으로 써야 한다.

예시 1　　　　장현숙, 김현승의 「푸라타나스」 시평 전문

꿈을 아느냐 네게 물으면,
푸라타나스,
너의 머리는 어느덧 파아란 하늘에 젖어 있다.

너는 사모할 줄을 모르나,
푸라타나스,
너는 네게 있는 것으로 그늘을 늘인다.

(계속)

(앞에서 계속)

먼 길에 올 제,
홀로 되어 외로울 제,

푸라타나스,
너는 그 길을 나와 같이 걸었다.

이제 너의 뿌리 깊이
나의 영혼을 불어넣고 가도 좋으련만,
푸라타나스,
나는 너와 함께 신이 아니다!

수고론 우리의 길이 다하는 어느 날,
푸라타나스,
너를 맞아 줄 검은 흙이 먼 곳에 따로이 있느냐?
나는 오직 너를 지켜 네 이웃이 되고 싶을 뿐,
그곳은 아름다운 별과 나의 사랑하는 창이 열릴 길이다.

— 김현승, 「푸라타나스」, 『문예』, 1953. 6

시 「푸라타나스」에는 꿈과 사랑과 외로움이 투영되어 있으며 자연의 참뜻이 담겨 있다. 고적하고 고달픈 삶을 살아가는 인간과 플라타너스는 외로움을 공유하며 동행함으로써 서로에게 위안을 준다. 그러나 플라타너스 역시 유한한 인간과 같이 조물주의 피조물이기 때문에 플라타너스의 '뿌리' 속에 인간의 '영혼'을 육화시키지 못한다. 왜냐하면 플라타너스 역시 인간과 같이 한계를 지닌 존재로서 신의 피조물에 불과하기 때문이다.

(계속)

(앞에서 계속)

　이 시에서 플라타너스와 인간은 신의 절대성을 드러내기 위한 매개적 상관물이면서 동시에 사랑과 꿈과 외로움을 공유하는 존재로서 절대자인 신의 사랑스러운 창조물이다. 그리하여 인간이 최선을 다해 삶을 살고 죽음에 이르는 날, 신의 품에 안기는 날, "아름다운 별"과 "사랑하는 창"이 새롭게 열릴 것이라 기대하는 것이다. 따라서 이 시에는 '자연-인간-신'의 상관관계 속에서 삶에 대한 내밀한 응시와 사랑의 포용성, 연대 의식 그리고 죽음에 대한 긍정 정신이 담겨 있다.

2. 소설 읽기와 서평 쓰기

1) 소설 읽기

　소설을 읽을 때 작품, 작가, 현실, 독자와의 관계를 고려하는 미국의 문학이론가 에이브럼스의 방법론은 유효하다. 소설을 읽을 때는 작품 자체의 의미에만 주목해서는 안 되고 작가, 현실 세계, 독자와의 연관성을 고려해야 한다. 네 개 중에 무엇을 더 중점적으로 읽느냐에 따라 구조론(절대론), 표현론, 모방론, 효용론(수용론)으로 나눌 수 있다. 구조론은 작품 자체를 중시하는 것이고, 표현론은 작가와 작품과의 관계 속에서, 모방론은 문학작품의 재료가 되는 현실세계 즉 우주와의 관계 속에서, 효용론은 작품과 향수자인 독자의 관계 속에서 이해하는 것이다. 하지만 소설을 읽는 가장 좋은 방법은 이 네 가지 관계를 종합적이고 총체적으로 살피는 것이다.

　소설을 읽는 것은 작가의 중심 생각을 파악하는 일이다. 이를 위해서는 소설의 요소인 주제, 플롯, 문체, 인물, 사건, 배경 등을 분석해야 한다. 소설에서 주제는 작품을 통해 작가가 전달하고 싶은 중심 생각을 의미한다. 작품에 따라 이것이 표층적으로 선명하게 드러나는 경우도 있고 다양한 이미지와 상징을 통해 그 의미를 숨기고 있는 것도 있다. 겉으로 주제가 드러날 경우 비교적 용이하게 작품의 주제를 파악할 수 있으나 작품의 의미가 숨겨져 있을 경우 혹은 표층적 의미와 심층적 의미의 간극이 클 경우 주제를 파악하는 일은 쉽지 않을 수 있다. 이럴 경우에는 작품의 다양한 요소를 유기적으로 분석함으로써 주제 의식에 다가갈 수 있다. 플롯은 단순한 스토리의 나열과는 구별되는 것으로 인과성과 필연성을 기반으로 한다. 플롯은 일반적으로 발단, 전개, 위기, 절정, 결말의 5단 구성으로 이루어진다. 따라서 작품을 읽을 때 결말 부분을 잘 고려하는 것이 중요하다. 자칫 구성 단계의 일부분만 파악하고 작품의 전체적인 의미를 놓치는 경우가 있는데 부분과 전체를 조화시키고 유기적 흐름과 맥락적 의미를 종합해야 한다. 문체는 소설의 형식에 해당하는 부분으로 주제와 긴밀한 연관성을 지닌다. 특히 문체는 소설의 예술성을 드러내면서 작품의 전체적인 분위기 및 작가의 의도를 드러내는 중요한 요소이다.

소설을 구성하는 요소는 인물, 사건, 배경이다. 소설은 작가의 세계관과 가치관에 따라 문제적 인물을 설정하고 문제적 상황을 보여준다. 작품에 따라 어느 부분을 더 강조하느냐의 차이는 있지만 이 세 가지 요소를 잘 살피는 것이 소설을 읽는 핵심이다. 우선 인물의 경우 소설을 이끄는 주동 인물과 그 반대편에 서 있는 반동 인물로 나누어진다. 인물은 소설의 사건과 갈등을 이끌어가며, 개성 있고 공감력을 지니는 인물의 성격 창조가 소설의 성패를 좌우한다고 해도 과언이 아니다. 또한 서사 장르는 사건, 갈등의 문학이라고 일컫는다. 때문에 갈등 구조를 잘 파악하는 것이 무엇보다 중요한 이유이다. 갈등은 사람 대 사람, 사람 대 사회, 사회 대 사회의 갈등으로 나눌 수 있다. 갈등의 원인, 치열한 전개 과정, 마무리의 과정을 면밀하게 고찰해야 한다. 그래야만 작가가 다루고 있는 문제의식에 다가갈 수 있다. 배경은 인물이 서 있는 공간이다. 이것은 사회적 공간, 시간적 배경, 공간적 배경 등을 포함한다. 소설의 배경은 작가의 의도에 의해 설정된 것으로 소설 속에 나오는 모든 환경, 예를 들어 사상적 배경마저도 작품의 배경이 된다. 소설의 인물은 개성적 인물이면서 동시에 사회적 인물이다. 그러므로 인물이 서 있는 배경을 의미 있게 봐야 하며 이는 주제 의식을 도출하는 데에도 큰 영향을 미친다. 인물이 서 있는 사회상을 알아야 하며 이와의 유기적 연관성 속에 인물의 행동과 갈등을 이해할 수 있다. 배경은 인물이 서 있는 단순한 물리적 공간으로서의 배경이 아니라 작품의 전반적인 분위기 및 주제 의식을 지배하는 것임을 명심해야 한다.

2) 서평 쓰기

서평은 책을 읽은 후 쓰는 글이라는 점에서 독후감과 같지만 글의 성격과 깊이는 다르다. 감상문이 개인의 주관적 감상이나 느낌을 위주로 한다면 서평은 보다 객관적이고 논리적이며 공식적, 체계적이라고 할 수 있다. 서평을 쓸 때는 책을 읽은 후 느낀 감상이나 느낌을 한 번 더 여과하여 객관적으로 이해하고 정리해야 한다. 서평을 통해서는 작품의 의의와 가치, 한계를 분석하는 것이 중요하다. 서평은 책의 내용에 대한 전반적인 소개와 그 책에 대한 가치 평가와 비판으로 이루어진다. 서평을 잘 쓰기 위해서는 책을 잘 읽고 이해해야 하며 작가의 생각이 무엇인지 파악해야 한다. 그 후에 서평자 자신이 책의 주요 내용에 대한 가치 판단과 의미 부여 등을 해야 한다. 서평의 종류는 다양한데 최근에는 전문가들이 쓰는 서평뿐 아니라 개인 블로그를 통해 자신의 독서체험을 공유하는 경우도 많다.

서평은 대략적으로 세단계로 나누어 구성할 수 있는데 처음에는 책을 선택한 동기, 저자와 책에 대한 구체적인 소개, 서평자 자신의 책에 대한 주관적 판단과 기준, 서평의 전개 방향 등을 밝혀야 한다. 이때 저자의 대략적인 저작활동 및 작품관에 대해 소개해주는 것이 좋고 또한 책에 대한 객관적인 정보를 소개하는 것뿐만 아니라 책이 갖는 사회·문화적 맥락 등을 밝히는 것이 의미 있다. 본론을 통해서는 구체적으로 책에 대한 평가를 해야 하는데, 책의 전반적 내용을 소개하고 주요 내용은 발췌하여 인용한다. 작품에서 의미 있게 읽었던 부분을 일관된 기준과 논리적인 순서에 따라 설명하는데 구체적인 인용이나 분석을 통해 드러내야 한다. 또한 책의 내용에 대한 사실적인 접근뿐 아니라 서평자 자신의 견해나 가치 평가, 사고의 과정도 객관적으로 밝혀야 한다. 작품의 주요 내용에 대한 비판도 자유롭게 할 수 있는데 이때 중요한 것은 적절한 논거를 제시하면서 객관적이고 논리적으로 해야 한다는 점이다. 마지막으로 책의 의의와 성과, 한계 등을 점검하고 앞으로의 전망 등을 언급할 수 있다.

좋은 서평을 쓰기 위해서는 책의 전체적인 구성과 내용을 정확하게 파악해야 하며 책의 핵심이 되는 중심 줄기를 놓쳐서는 안 된다. 물론 부분적 의미들도 잘 새겨야 하는데 이를 종합하여 작품을 유기적으로 읽어야 한다. 서평의 본분인 제대로 된 가치 평가를 위해서는 저자가 의도하는 바와 전달하고자 하는 핵심을 정확하게 파악하는 것이 중요하다. 주관적인 감상이나 편견에 의해 작품의 의미를 왜곡하거나 오독하는 것은 서평을 쓰는 바른 자세가 아니다. 또한 책의 내용과 자신의 의견을 구분해줘야 한다. 그리고 다른 사람이 쓴 서평을 무조건적으로 참고하기보다는 자신만의 독창적이고 창의적인 서평을 쓸 수 있도록 노력해야 한다. 책을 읽는 것은 저자 혹은 등장인물들과의 대화라는 점을 명심하면서 좀더 적극적이고 창의적인 독서와 서평 쓰기가 이루어질 때 제대로 된 의미의 독서가 이루어졌다고 볼 수 있다. 또한 전문가로서 서평 쓰기를 하는 것이 아니라 학습의 과정으로써 실습하는 것이므로 크게 부담을 갖지 말고 제대로 된 독서와 논리의 객관화 과정을 연습한다고 여기면 수월할 것이다. 또한 책을 읽고 난 뒤에 느낌이나 주관적인 견해도 중요하겠지만 그것이 객관성이나 보편성을 확보할 수 있도록 반드시 논리적 증명 과정이 필요하다는 것을 잊지 말아야 한다. 문장을 쓸 때도 지나치게 주관적인 표현이나 서술은 삼가고 보다 객관적이고 중립적인 언어 선택이나 문장 서술을 해야 한다.

> **예시 1**   박혜경, 강석경의 『숲속의 방』 서평 전문
>
> 1985년에 발표된 『숲속의 방』은 발표 당시에도 상당한 반향을 일으켰으며 이후에 영화와 연극으로도 제작되었다. 작품이 발표된 80년대는 정치적 경제적으로 많은 모순과 문제점이 노출되던 때이고 기존의 가치관과 새로운 가치관이 대립 충돌하면서 그야말로 급격한 사회 변화가 이루어지던 때이다. 이러한 시대에 본격적인 성인의 시기에 입문해서 가치관의 확립과 정체성을 찾아야 할 청춘들이 느끼는 극심한 자기 혼란과 방황은 짐작이 간다.
>
> (계속)

「숲속의 방」의 주인공 소양은 순수하고 감수성이 풍부하고 삶에 대한 열정과 의욕이 충만한 대학 2학년생이다. 아직은 불안하고 쉽게 상처받을 수 있는 순수한 영혼을 지닌 미완성의 상태라고 할 수 있다. 소양은 때로는 마치 '혁명가'처럼 거칠고 당당하게 기존 질서에 저항하고 반항하지만 한편으로는 사랑과 운명 등의 내용을 다룬 애정영화를 보고 눈물을 쏟기도 하는 여린 내면을 지니고 있다.

하지만 소양을 둘러싼 '숲'은 이러한 소양의 감성과 욕구를 충족시키지 못한다. 지성을 포기한 채 폭력이 난무하고 학생들의 희생이 만연한 대학은 거짓과 껍데기로 인식된다. 개인적 삶보다 시대적 사명이 훨씬 더 무거운 대학가는 소양이 견디기에는 분명 한계가 있는 곳이다. 중산층으로 남부럽지 않게 살아온 소양은 운동권도 비운동권도 그 어디에도 서지 못한 채 현실에 대한 환멸과 소외와 고독을 느낀다.

작품에 나오는 종로통은 순수를 잃어버린 타락과 욕망의 찌꺼기만이 남은 당시 사회의 단면을 표상한다. 소양이 이곳에서 만난 남자친구 희중과의 관계 역시 지극히 계산적이고 피상적이다. 소양의 극도의 자기부정과 혐오는 호스티스로 자신을 전락시키고, 중년 남자의 하룻밤 상대 여자로 자신을 추락시키는 데에까지 나아간다. 몸부림과 광기에 가까운 소양의 자학적 행동은 정체성을 찾기 위한 험난한 여정이라고 볼 수 있을 것이다.

소양의 갈등은 작품 속에 복합적으로 드러나는데 이중 가장 두드러진 것은 기성세대와 기존 질서에 대한 거부와 반항이다. 이는 특히 가족과의 소통 단절로 나타나는데 이는 소양의 자기부정과 자기혐오의 확대로 해석해도 무방할 듯하다. 부동산 투자로 부를 축적하고 여전히 겉치장을 화려하게 하는 할머니는 '퇴물 유한계급'으로, 무조건적으로 자식에게 복종과 순종을 강요하는 가부장적이고 권위적인 아버지는 벗어나고 싶은 굴레로 인식된다. 이러한 소양의 행동이 아직은 덜 성숙한 스물한 살의 치기 어린 모습이 없다고는 할 수 없지만 분명한 것

(계속)

(앞에서 계속)

은 기성세대에 대한 불신과 비판적 시각이 팽배해 있다는 점이다. 그만큼 세대 간의 간극이 크다는 것을 보여준다.

"바보같이 세상 밖에서 자신을 찾으려 하다니, 네가 적당히 타협하기만 한다면 땅에 온몸을 문지르고 다니며 피 흘리지 않아도 좋을 텐데, 청춘은 쇠사슬이 아니라 날개일 텐데, 소양은 끝내 안식의 방을 찾지 못했다. 숲에도 방이 없었다. 숲에는 혼란과 미로가 있을 뿐."이라는 미양의 고백에서도 알 수 있듯이 소양은 숲으로 나와 방을 찾고자 했다. 이는 소양이 세상과의 대결을 통해 적극적으로 자신의 정체성을 찾고자 했음을 의미한다. 하지만 소양이 그곳에서 확인한 것은 절망과 허무뿐이었다.

결국 소양은 자신만의 고독과 유폐의 방으로 돌아와 자살이라는 극단적인 선택을 한다. 하지만 소양이 처음부터 극단적인 선택을 염두에 둔 것은 아니다. 가족 몰래 휴학하고 끊임없는 방황을 통해 자신의 길을 찾고자 했지만 그러면 그럴수록 더 깊은 심연 속으로 빠져들 뿐이었다. 소양의 황폐한 내면은 세상과 유일한 통로라 할 수 있는 일기를 통해 확인할 수 있다. 한때 시를 써서 자신을 정화하고 싶어 하고, 유전공학자가 되어 사막을 푸른 보리밭으로 바꾸어 싶어 하던 소양은 그 꿈을 채 펼쳐보기도 전에 생을 마감한다. 특히 "나는 섬이야. 어디와도 닿지 않는 함정 같은 섬이야."라는 구절에서는 순수하기 때문에 타협할 줄 몰랐던, 누구보다 뜨거웠던 청춘의 삶에 한없는 연민이 느껴진다.

소양의 죽음은 현실에 대한 도피나 절망이 아니다. 오히려 불온하고 불순한 시대, 청춘의 권리를 온전히 인정하지 않는 세상, 순수함이 퇴색한 기성세대를 향한 도전이며 저항이다. 공교롭게도 소양이 생을 마감한 날은 언니 미양이 이제 막 이십 대의 고통스러운 터널을 빠져나와 결혼을 통해 기성세대로의 안주를 시작하던 때이다. 현실에 적당히 타협한 미양과 달리 소양은 끝내 현실과 악수하지 않으며 또 다른

(계속)

(앞에서 계속)

선택을 한 것이다. 방 안 가득 뿌려진 붉은 피는 때묻지 않은 순수와 열정, 그리고 혼란과 미로뿐인 '숲'을 향한 단죄의 의미를 지닌다.

「숲속의 방」은 20대의 뜨거운 성장기를 보여주는 이니시에이션 소설이다. 주인공 소양이 어지러운 시대에 현실에 타협하거나 안주하지 못하고 자신만의 방에 돌아와 안식을 찾으려 했다는 점에서 오히려 삶의 비극적 진실성에 다가선 듯 보인다. 이 작품은 1980년대라는 시대적 특수성을 떠나 여전히 혼돈스럽고 고통스러운 이 땅의 청춘에게 깊은 공감과 위로가 될 수 있을 것으로 보인다.

예시 2 최재인 · 류승희 · 이다흰 · 이서현(학생),
천명관의 「파충류의 밤」 서평 전문

「파충류의 밤」은 불면증을 소재로 인간관계의 단절과 그에 대한 폐해를 이야기하고 있다. 소설 속 인물들은 끝내 고독한 삶을 이기지 못하고 자살을 선택하기도 한다. 그러나 작가는 수경의 행동을 통해 지향점을 제안하고 있다. 따라서 우리는 「파충류의 밤」 속에 나타나는 여러 가지 상징적인 소재를 분석하고 이를 통해 작가가 지향하는 바를 파악하고자 한다.

작품 속 수경과 부장, 소년은 모두 고독으로 인해 절망감을 느끼고 있으며 불면증을 겪는다는 공통점이 있다. 이러한 고독의 원인은 가족관계에서 찾을 수 있다. 가족은 인간관계의 근본이 되는 아주 기초적이고 당연한 관계이다. 그러나 등장인물들은 당연한 인간관계마저도 상실한 상태이다. 부장과 수경은 이혼으로 인해 홀로 살아가며 수경의 이웃집 소년은 편부모 가정이고 유일한 존재인 엄마는 소년의 외로움을 달래주지 못한다.

(계속)

　　부장의 외로움은 자살로 이어지며 비타민은 부장의 자살을 더욱 비극적으로 만든다. 비타민을 챙겨 먹을 정도로 삶과 건강을 신경 쓰던 이의 자살은 고독함이 사람을 얼마나 극단적으로 만드는지 보여준다. 부장은 수경에게 여행을 제안한다. 여행은 새로운 관계를 맺고자 하는 부장의 시도이다. 그러나 수경의 거절로 부장의 마지막 희망은 좌절되고 부장은 자살을 선택하게 된다.

　　소년은 수경과 마찬가지로 불면증을 겪고 자해를 하는 인물이다. 소년의 외로움은 자해로도 해소되지 못하며 결국 소년은 자살을 선택하게 된다. 이때 담배를 피러 간 수경이 소년을 발견하고 소년의 자살을 막는다. 수경의 행동은 연관점이 없던 소년과 수경을 이어주는 연결고리가 된다. 이는 수경의 외로움과도 연관이 있는데, 수경은 낙태의 경험이 있다. '그녀가 낙태하지 않았다면 비슷한 또래의 아이가 있었을 터이지만'이라는 부분을 통해 수경이 은연중에 자신이 낙태한 아이를 소년에게 투영하고 있음을 알 수 있다. 그리고 그녀는 "알고 보니 범인이 너였구나."라는 말을 한다. 이 말은 밤중에 옆집에서 나던 소리의 범인이 너라는 뜻도 있지만, 내 불면증의 범인이 낙태되었던 그 아이였다는 것으로도 해석할 수 있다.

　　제목인 「파충류의 밤」은 수경이 잠들지 못하는 밤을 의미한다. 불면증의 원인에 대해 수경은 자신에게만 주어진 특별한 소명이 있을까 생각한다. 작가는 파충류가 가진 특유의 본능을 이에 대한 답으로 제시한다. 주인공이 잠들지 못하는 것은 파충류의 유전자가 주인공의 몸 속 깊숙한 곳에 기억되어 있기 때문이다. 파충류는 죽음을 위협하는 위험들 때문에 쉬이 잠들지 못하는데 주인공 또한 그러하다. 그러나 파충류가 쉬이 잠들지 못하는 이유가 '자신의 죽음' 때문이었다면 주인공은 '타인의 죽음' 때문이라고 할 수 있다.

　　인간은 사람 인(人)에 사이 간(間)자를 쓴다. 즉 인간이란 단어 자체는 사람 사이에서 형성되는 관계성에 기반을 두고 있다고 할 수 있

(계속)

대중매체와 글쓰기

제5강　도서 리뷰와 비평문 쓰기

(앞에서 계속)

다. '나'는 파충류의 본능이 남아 있지만 인간이다. '인간은 사회적인 동물이다'라는 명제를 생각해보면 이를 쉽게 이해할 수 있다. 단순히 자신의 목숨을 부지하는 것에서 그치는 것이 아니라 사회적인 인간으로서 타인의 죽음까지도 신경 써야 하는 것이다. 그 예로 소년과 영업부장의 죽음이 도처에 있어 잠들지 못하다가 소년의 죽음을 막은 뒤 잠드는 '나'의 모습을 통해 알 수 있다. 소년의 죽음에 대한 위험을 막고 이를 계속 감시하겠다고 생각하자 편안히 잠들 수 있는 것이다. 이러한 수경의 모습은 소금 알갱이로 표현되는데 이는 편안한 수면을 의미함과 동시에 사람 사이에 섞여 들어가는 수경의 모습을 의미한다. 따라서 「파충류의 밤」은 인간관계의 단절에서 벗어나 타인과 관계를 맺어야 한다는 작가의 메시지를 전하고 있는 것이다.

활동 및 과제

1) 『오늘의 좋은 시』 중 한 편을 선택하여 시평을 써보자.

2) 『올해의 문제소설』 중 한 편을 선택하여 읽고 소설평을 써보자.

제**6**강

소설 개요 짜기와 창작 연습

■■■■■■

글을 쓰기 전에는 항상 내 앞에 마주 앉은 누군가에게

이야기를 해주는 것이라고 상상해라.

제임스 패터슨

1. 소설이란 무엇인가

소설은 가상의 세계 즉 허구의 세계를 다룬다. 그 허구의 세계는 현실을 굴절시켜 반영하는 진실된 거짓의 세계인 것이다. 거짓말로 꾸며낸 이야기는 독자를 속이기 위해 의도적으로 만들어낸 것으로, 그 속에는 작가의 치밀한 전략이 숨어 있다. 작가의 음험한 의도가 숨어 있는 이야기, 그것이 소설인 것이다. 그렇다면 왜 소설가는 그런 음험한 의도를 숨겨놓고 이야기를 만들어내는 것일까. 그것은 그 이야기 속에서 삶의 진실을 담고 그 진실을 통해 인생의 다양한 면들을 보여주려는 계획이 있기 때문이다. 즉 삶의 진실을 드러내기 위한 방법인 것이다.

소설은 사람들이 살아가는 삶의 이야기이다. 그런데 왜 거짓말로 꾸며내는 것인가? 그것은 '문제적인 어떤 사람'을 독자에게 보여주고 싶은 의도에서이다. 그렇기 때문에 소설에는 사람과 사람의 사람에 대한 깊은 탐구가 있어야 한다. 소설은 인간이 체험한 것을 바탕으로 하여 창작된 상상의 산물이다. 힘든 세월을 살아온 노인이나 어른

들은 자신들의 삶을 소설로 쓰면 책 몇 권은 될 거라는 말을 흔히 한다. 그러나 엄밀하게 말한다면 자서전이나 수기 내지 회고록은 될 수 있겠지만 소설이 될 수는 없다. 소설은 그러한 경험을 바탕으로는 하되 작가의 상상력에 의해 새롭게 창조된 상상의 산물인 것이다. 사람이 살아온 삶의 현실을 모사하는 것이 아니라 현실을 반영하는 거울이며 현실에 바탕을 둔 현실의 변용으로 현실에서 유추된 새로운 세계인 것이다. 이렇듯 소설은 사람과 그 사람의 삶에 대한 진지한 탐구에서 얻어낸 것으로 체험과 상상이 빚어낸 언어예술이다. 소설은 언어를 매개로 탄생된 예술이다.

1) 소설의 특성

(1) 허구성과 진실성

소설은 실제 생활과 경험 속에서 소재를 얻지만 작가의 상상력에 의하여 새롭게 꾸며진 픽션으로 가공의 역사이다. 픽션이라는 말은 단순히 거짓말로만 쓰인 이야기를 일컫는 것이 아니라, 작가의 주관과 상상력에 의해 새롭게 창조된 세계라는 것이다. 즉 작가의 상상력에 의해 가공된 역사라고 하나, 그것을 통해 인생의 참 모습을 보여주고 진실을 추구하며, 삶의 의미를 깨닫고 인식하게 해주는 것이다.

(2) 산문성과 서사성

언어를 매개로 회화성과 음악성을 주된 표현 방식으로 하는 글이 운문이라면, 소설은 서술과 대화 그리고 묘사에 의하여 기술되는 대표적인 산문 문학이다. 소설은 줄글의 형태로 이루어졌으며, 말하고

자 하는 것의 목적을 지향하여 단어와 구문을 선택하고, 그것의 배열에 논리성을 가져야 한다. 소설에서의 논리성은 소설을 구성하게 하는 서사성과 연계되어 소설의 개연성을 갖게 한다. 즉 소설은 인물, 사건, 배경을 중심으로 질서정연하게 체계화될 때 펼쳐지는 이야기 형식을 지닌 서사문학이라는 것이다.

(3) 예술성과 모방성

소설은 언어를 매개로 하여 작가의 상상으로써 허구화된 이야기이다. 그 이야기는 허구로 형상화된 산물이므로 작가의 개성과 창조성을 지닌다. 그런 점에서 예술성을 갖는다고 할 수 있다. 그리고 소설은 현실을 있는 그대로 모사하는 것이 아니라 현실의 모습을 변형시켜 그 안에서 삶의 진실을 드러내는 유추된 세계이다. 따라서 소설은 총체적으로 인간을 탐구하고 그 삶을 구체적으로 표현하는 문학이다.

2. 소설 창작 이론

1) 소설의 3요소

(1) 주제

소설의 중심 내용으로 작가가 그 작품을 통해 나타내고자 하는 중심 사상이다. 소설에서의 주제는 서사적 구조물 속에 용해된 작가의 주된 의도로, 이야기를 구성하는 여러 요소들을 결합시키는 중심 원리이다. 소설의 주제는 무괄식의 문장 전개 방식처럼 이야기 속에 숨어 있기 마련이다. 한용환의『소설학 사전』에는 주제를 나무줄기에 비유하여 설명하고 있다.

(2) 문체

문체란 작가의 독특한 개성에 따라서 이루어지는 문장의 양식을 말한다. 라틴어 'stilus'에서 유래한 말로 글씨를 쓰는 도구를 뜻하는 말이었는데, 그 작가만이 쓸 수 있는 완성된 품격으로서의 개성적 특성을 지닌다. 프랑스의 문체론자 뷔퐁은 "문체는 그 사람이다"라고 했다. 글은 곧 그 사람의 개성과 인격을 드러내는 표현이라는 말이다. 마크 쇼러(Mark Schorer)가「발견으로서의 기교」에서 "스타일은 곧 주제다"라고 했듯이 소설에서는 문체를 통해 주제를 드러내기도 한다. 문체를 이해하는 것은 작품의 성격을 이해하는 데에 중요한 의미가 있다. 문체의 유형에는 간결체, 만연체, 건조체, 화려체, 강건체, 우유체 등이 있다.

간결체는 언어가 서로 긴밀히 연결되어 간결하게 표현되는 문체이다. 긴축미와 선명한 인상을 주는 효과가 있으며 문장의 길이가 비교적 짧은 특징이 있다. 만연체는 표현하고자 하는 내용을 자세하게 많은 어휘를 사용하여 표현하는 문체이다. 만연체는 내용을 상세하고 구체적으로 전달할 수 있지만 긴장미나 박진감이 덜할 수 있고, 중언부언할 수도 있는 글의 표현 방법이다. 건조체는 수식어를 비교적 쓰지 않고 간단명료하게 표현하는 문체이다. 내용 전달 중심의 지적인 글로, 글의 내용을 파악하기는 용이하나, 무미건조하고 딱딱한 느낌이 든다. 화려체는 미사여구(美辭麗句)를 동원하여 글을 아름답게 꾸미는 문체이다. 비유나 수식어가 많고, 회화적인 느낌이 드는 문체이다. 아름다운 정감을 드러내기에는 용이하지만 지나치면 진정성이 없는 글로 보일 수 있다. 강건체는 강한 남성미를 느낄 수 있는 문체로, 연설문이나 논설문에 많이 쓰인다. 우유체는 부드럽고 우아하며 섬세한 느낌을 주는 문체로서, 여성스러운 느낌이 드는 글을 쓸 수 있다. 따라서 읽은 이로 하여금 여유로움과 친밀감을 갖게 한다.

(3) 구성

소설의 구성은 등장인물이 시간적·공간적 배경 속에서 어떤 사건을 일으키는가 하는 이야기의 짜임을 말한다. 즉 플롯인데 이 플롯에는 필연성이 있어야 한다. 원인과 결과로 보아 꼭 그러한 사건이 일어나도록 이야기가 짜여야 하는 것이다. 구성의 3요소는 인물, 사건, 배경이다. 소설 속에 등장하는 인물은 살아 움직여야 하고, 무엇보다 뚜렷한 개성을 지닌 인물이어야 한다. 따라서 소설 속의 인물을 캐릭터라고도 한다. 인물 묘사 방법은 직접 제시와 간접 제시가 있다. 이를 말하기와 보여주기라고 한다. 사건은 대체로 인물들이 행동을 통해 보여주는 것으로, 이 사건은 인과 관계에 의해 필연적으로 일어난다. 배경은 시간적 배경과 공간적 배경으로 나뉜다.

2) 플롯

(1) 플롯

플롯은 소설의 구조, 구성 또는 짜임새라고 한다. 구성의 중요성을 먼저 이야기한 사람은 아리스토텔레스이다. 구성은 좁은 의미로는 스토리의 전개인 사건과 행동의 구조, 넓은 의미로는 소설의 모든 설계이다. 그렇다면 스토리와 플롯은 어떻게 다른가. 스토리는 사건을 시간적 순서대로 배열한 것이다. 예를 들어 '왕이 죽고 왕비가 죽었다.'라는 것은 스토리이다.

플롯은 사건의 서술이라는 면에서는 스토리와 같지만 다른 점은 그 서술이 인과관계에 중점을 둔다는 것이다. 예를 들어 '왕이 죽자 왕의 죽음을 슬퍼하다가 왕비도 죽었다.'라고 할 때, 왕비가 죽은 까닭이 슬픔 때문이라는 것을 알게 되는 것이다. 이처럼 스토리는 플롯에 의해 인과관계를 갖게 되고 그것의 짜임에 의해 예술적 아름다움을 획득하게 된다. 스토리만 있는 소설은 대개 중세의 로맨스와 전기소설 등이다.

(2) 플롯의 기본 단계

플롯의 기본 단계는 발단, 전개, 위기, 절정, 결말 5단계이다. 발단은 소설의 서두이며 문제가 제기된다. 그리고 등장인물의 기본적인 성격이 제시되고 배경이 설정된다. 작품의 대략적인 윤곽이 드러나는 부분이다. 전개는 소설의 이야기가 펼쳐지는 부분으로 발단에서 제시된 문제를 통해 인물들이 갈등과 긴장을 일으키고 성격이 변화된다. 갈등은 외적 갈등과 내적 갈등으로 나누어진다. 위기는 사건의 절정을 가져오는 반전의 계기가 된다. 절정은 등장인물의 행동과 갈등이 최고조에 이르는 부분이다. 소설 전체의 의미가 암시된다. 결말은 소설의 말미로 사건의 전모가 드러나고 주인공의 운명이 분명해진다.

(3) 플롯의 유형

플롯의 유형으로는 단순 구성과 복합 구성, 액자형 구성, 피카레스크식 구성을 들 수 있다. 단순 구성은 사건의 진행이 단순한 구성 방식으로, 한 가지 사건의 진행만으로 구성된 것이다. 단순 구성은 순행적 구성인 경우가 많으며 단편소설에 적합한 구성이다. 복합 구성은 하나의 소설 안에 둘 이상의 플롯이 진행되는 구성으로, 장편소설에 주로 사용된다. 액자형 구성은 하나의 플롯 안에 또 하나의 플롯이 들어 있는 구성으로 외부 이야기와 내부 이야기로 되어 있다. 외부와 내부 이야기는 서로 긴밀한 관계를 갖고 있다. 피카레스크식 구성은 플롯이 여러 개로 병렬되어 구성된 유형이며, 한 작품 속에 여러 개의 이야기가 이어져가는 플롯이다.

3. 인물과 성격 창조

1) 인물

소설은 인물형의 창조 작업이라 해도 과언이 아니다. 이는 소설에서 인물이 얼마나 중요한 역할을 하는지 말해준다. 소설의 특징이 인간에 대한 진지한 탐구라고 볼 때 인물의 설정은 소설의 구성 요소 가운데 매우 중요하다고 할 수 있다. 작중인물은 한 편의 소설에서 사건을 이끌어가는 중심인물과 그 주변 인물인 부인물로 나눌 수 있다. 중심인물은 개성이 뚜렷한 인물일 때 강한 인상을 받게 된다.

(1) 인물의 유형

1) **평면적 인물**   한 작품이 시작해서 결말에 이르기까지 성격이 변하지 않는 인물형이다.

2) **입체적 인물** 소설에서 사건의 진행에 따라 인물의 성격이 변화하는 유형으로 발전적인 인물이다. 포스터는 독자에게 놀라움을 주는 인물이라고 했다.

3) **전형적 인물** 어떤 사회의 한 시대 한 계층을 대표하는 보편적인 인물이다. 대학생의 전형, 교수의 전형, 군인의 전형 등 대체적으로 당대 사회의 어떤 인간들을 연상하게 하는 대표적인 인물이다.

4) **개성적 인물** 어떤 집단이 공통적으로 소유하고 있는 가치보다 자기만의 독특한 가치를 가지고 있는 인물을 말한다. 이 개성적 인물을 효과 있게 형상화한다면 소설의 재미를 유발할 수 있다.

2) 성격창조

인물 창조는 서술과 묘사와 대화 그리고 애펠레이션으로 이루어진다. 서술은 인물이 어떠하다는 것을 기술해주는 방식으로 성격 창조의 가장 초보적인 수법이다. 묘사는 눈에 보이듯이 언어로 그려서 보여주는 방식이다. 소설에서 큰 비중을 차지하는 수법이다. 대화는 작중인물의 성격을 직접적으로 드러내는 매개물이다. 대화를 통해 교육수준이나 직업, 신분 등이 여실이 드러난다. 애펠레이션은 작중인물에게 이름을 붙여주는 것을 말한다. 이름을 통해 인물의 성격을 드러내는 특수한 방법이다.

4. 시점과 거리, 배경

1) 소설의 시점

소설에서 시점은 '이야기를 하는 사람이 누구냐'라는 문제로, 어느 각도에서 소설을 쓰는지 밝혀주게 된다. 이것은 소설 속에 등장하는 인물과 작가가 어떤 관계에 놓여 있으며 얼마만큼의 거리를 두고 있는지 보여준다. 시점은 곧 서술의 초점으로 이야기를 알고 있는 사람이 서술자가 된다. 화자가 누구냐의 문제는 주제와도 깊은 관련이 있다. 그것은 같은 사건이라 할지라도 이야기하는 사람이 누구인가에 따라 그 성격이 달라지기 때문이다.

브룩스와 워렌은 『소설의 이해』에서 서술의 시점을 다음과 같이 나누어서 분석하고 있다.

1) **1인칭 주인공 시점** 작중인물 '나'가 독자에게 자신의 이야기를 들려주듯이 소설이 서술된다. 작품 속에서 주인공이 자신의 이야기를 하는 서술로, 인물과 초점이 일치한다. 대체적으로 경험담이나 주인공의 이야기를 하는 방식이다. 이 시점은 독자에게 친근감을 주고 주인공의 내면세계가 잘 드러나 독자와의 거리가 밀착된다. 그러나 이야기의 폭을 넓힐 수 없는 한계점이 있다.

2) **1인칭 관찰자 시점** 소설의 부인물이 중심인물을 관찰하면서 이야기를 들려주는 방식이다. 사건의 진행은 관찰 대상인 중심인물을 중심으로 전개되어 나간다. 서술자인 부인물은 주인공

을 둘러싸고 일어나는 사건을 전달해준다. 여기서의 화자는 관찰자일 따름이다. 주요섭의 「사랑손님과 어머니」가 그 대표적인 예이다.

3) **3인칭 관찰자 시점** 작가가 작중인물을 관찰하여 이야기해주는 방식으로, 대화나 행동 묘사를 통해 비교적 객관적으로 보여준다. 작중인물을 '그', '그녀', '이름'으로 호명한다.

4) **전지적 작가 시점** 서술자인 작가가 전지전능한 신과 같은 존재처럼, 작중인물의 행위나 심리, 감정이나 욕망 등 모든 것을 알고 자유롭게 서술하는 수법이다. 이 시점은 작가가 말하고 싶은 인생관이나 철학 그리고 생활 태도까지 의도하는 바를 작품 속에 투영시키고 마음껏 생각을 표출할 수 있는 방식이다. 등장인물의 속마음이나 계획까지 전능한 신처럼 모두 알고 서술하는 이 시점은 장편소설에 많이 사용한다.

2) 거리

소설에서의 거리는 시점과 밀접한 관계에 있다. 작중인물에 대한 작가의 거리는 독자에게 영향을 주는데, 그것은 시점과의 관계 속에서 발생하기 때문이다. 독자는 서술자와 같이 작품 속의 인물들이나 사건을 보게 된다. 그러므로 작중인물과 독자 사이에 동일시가 나타나는데, 이것은 작가와 독자 사이에 형성되는 신뢰감이다.

3) 배경

브룩스와 워렌은 『소설의 이해』에서 배경은 인물과 행동의 신빙성을 높이고, 인물의 심리적 동향과 이야기의 의미를 암시한다고 했다. 그리고 분위기의 조성에 결정적으로 기여한다고 말한다. 배경은 소설과 관계된 모든 물질적 환경으로, 소설의 배경은 작가의 의도에 의해 설정되는 것으로, 작중인물의 행위나 사건이 일어나는 시간적 배경, 공간적 장소를 말한다. 시간적이고 공간적인 것 뿐 아니라 사회적 분위기나 사상적 배경 그리고 상징적 배경을 들 수 있다. 즉 소설의 배경은 사실적 배경과 상징적 배경으로 나눌 수 있다. 소설의 배경을 인물이 행동하는 시간과 장소라는 의미로만 본다면 소설에서 표현하고자 하는 구체적인 의미를 놓칠 수 있다. 그러므로 소설에서 배경은 인물이나 플롯 못지않게 중요하다.

5. 소설 쓰기의 실제

소설은 어떤 사람이 겪은 일을 그대로 써놓은 것이 아니다. 그것이 예화나 전기문 또는 수기가 될 수는 있으나 소설은 아니라는 것이다. 소설은 무엇보다 가공의 역사이며 그 안에 삶의 진실을 담고 있어야 하기 때문이다. 삶의 진실은 사실과는 다르다. 위에 수록한 소설에 대한 전반적인 이해를 바탕으로 소설 쓰기의 실제에 들어가보기로 한다.

먼저 하나의 짧은 이야기를 만들어낸다고 생각해보자. 그 이야기는 실제로 겪었거나 타인으로부터 들은 것을 바탕으로 하여 작가가 꾸며낸 하나의 이야기이다. 문제는 그 이야기 속에 작가가 말하고자 하는 중심 생각을 담고 있어야 하며, 그 사건들의 짜임이 개연성이 있어야 한다. 개연성이 있는 이야기가 되기 위해서는 필연성과 진실성이 있어야 한다.

그리고 이야기의 중심이 되는 인물을 설정하고 인물이 어떻게 움직일 것인지 생각해본다. 그 움직임의 중심에는 서사가 놓여 있다는 것을 꼭 염두에 두어야 한다. 움직임은 기본 플롯 5단계에 따르도록 이야기를 배치한다. 그러기 위해서는 무엇보다 각 단계의 특성을 숙지하고 있어야 한다. 그러한 과정 속에 시점의 문제나 배경 등을 정해두어야 하는 것은 물론이다. 일상 속에서는 흔히 또는 우연히 일어나는 일도 소설 속에서는 우연이어서는 안 된다. 필연성에 의해 일어나는 일이어야 한다. 심지어 소설 속의 인물이 무심코 하는 행위 하나조차도 이유가 있어야 한다는 것이다. 그렇기 때문에 인물의 행동 하나 생각 하나까지도 작가는 염두에 두고 소설을 창작해가야 한다. 그렇지 않으면 어느 부분에서인가는 개연성이 결여되어 독자로부터 신뢰를 잃어버리게 되는 장면이 나타나게 되기 때문이다.

먼저 소설을 쓰기 위해서는 주제를 정하든지 소재를 선택하여야 한다. 주제 결정과 소재 선택은 순서가 바뀌어도 별 문제가 없다. 주제와 소재가 결정되면 주제를 드러내기 위한 기본 틀 짜기를 하여야 한다. 기본 틀 짜기는 개요 만들기, 에피소드와 예비적인 플롯 정하기, 인물 설정하기, 이야기를 전하는 틀 정하기, 문체, 배경을 정하는 일이다.

한 편의 이야기를 소설로 만들어낸 후에는 수차례의 퇴고 과정을 거쳐야 한다. 주제가 잘 드러났는가, 개연성이 결여되지는 않았나, 구성은 견고한가, 단어나 문장은 어떠한가 등의 문제를 꼼꼼하게 살피면서 부가하거나 삭제해야 한다. 그렇지만 우선은 한 편의 이야기를 직간접 경험을 바탕으로 만들어내는 것으로 소설 창작을 시작해보자.

예시 1 김관호(학생), 「체셔 고양이 사냥」 일부

뉴스에서 또 내 얼굴이 흘러나오고 있었다. 이틀째였다. 나는 계란 후라이를 조각내며 아나운서 옆에 떠오른 스스로의 모습을 바라보았다. 먹다 만 토스트는 반쯤 타 있었다. 예리는 기분이 언짢을 때면 늘 요리를 망쳤다. TV 속 조그만 틀 안에서 웃고 있는 사진은 꼭 고등학교 시절 증명사진처럼 우스꽝스러웠다. 내 사진 옆에는 두 달 동안 내 골머리를 썩게 했던 사내의 얼굴이 나란히 놓여 있었다. 그 아래에는 '희대의 살인마―무죄 방면 후 재수사'라는 문구가 박혀 있었다. 나는 입안이 텁텁해서 커피를 한 모금 마셨다. 커피도 지나치게 썼다.

"자기야. 저 사람 정말로 무죄야?"

머리를 말리고 온 예리가 내 옆에 앉으며 물었다. 의자 다리가 바닥을 긁으며 기분 나쁜 소리를 냈다. 나는 까맣게 그을린 토스트를 집어 억지로 입안에 밀어 넣으며 대답을 미뤘다. 하지만 토스트를 모두 삼킬 때까지 그녀는 젓가락조차 들지 않고 나를 바라보았기 때문에, 곧 그녀의 시선을 피할 변명거리는 모두 사라지고 말았다. 채널을 돌리기 위해서 리모컨을 눈으로 찾아보았지만, 어디 간 것인지 보이지 않았다. 자기야. 예리가 다시 나를 재촉한다. 나는 어쩔 수 없이 입을 열었다.

"아니. 살인범 맞아."

"그렇지? 그런데 어떻게 풀려난 거야?"

그녀는 불쾌한 기색이 가득한 어조로 물었다. 그녀의 질문은 언제나 나를 피곤하게 만들었다. 처음 만났을 때, 그녀의 호기심과 도덕성은 그녀의 매력을 돋보이게 해주는 반짝이는 목걸이 같았다. 그녀는 영리하고 웃음이 많았고, 언제나 올바른 길을 추구하는 교과서 같은 사람이었다. 첫 만남 이후 내가 그녀에게 빠져드는 데는 오랜 시간이 필요하지 않았다. 그래, 분명 그런 날들도 있었다.

하지만 그녀의 올곧은 성격은 이제 철 지나 장식장 구석에 파묻힌 장신구처럼 색이 바랬다. 내가 변호사가 되고 자신감 넘치는 성격으로

(계속)

변해간 것과 반대로, 그녀는 점점 침착하고 조용해졌다. 머리도 짧게 잘랐다. 내가 승소할 때마다 그녀는 내 직업인 변호사가 자신의 상상과는 다르다는 것을 깨달아갔다. 내 이름이 매스컴에 실릴 때마다, 나는 점점 커져가는 그녀의 실망감을 읽을 수 있었다. 그녀는 여전히 친절하고 이상적인 부인이었지만 전보다 훨씬 무기력해 보였다.

그녀는 아직 날 사랑하고 있을까? 나는 확신할 수 없었다.

"물론 정황상 그가 살인을 저질렀다는 건 분명해. 나도 그렇게 생각하고. 하지만 운이 좋게도, 경찰 측 연구실에서 실수가 발생해 DNA 증거의 보존성이 훼손되었거든. 현행법 상 오염된…."

나는 말을 멈췄다. 그녀가 또다시 그 눈빛으로 나를 바라보고 있었다. 나는 커피를 한 모금 더 마셨다. 커피가 너무 썼다. 예리는 아무 말도 하지 않고 내 다음 말을 기다렸다. 나는 한숨을 내쉬며 말을 마무리했다.

"요약하자면, 좋은 변호사를 뒀기 때문이라는 거지."

그녀는 그렇구나, 하고 조용히 중얼거리며 TV로 시선을 돌렸다. 그 시선은 불만이나 분노보다는 체념에 가까워 보였다. 나는 뒤이어 따라올 그녀의 실망한 목소리를 듣고 싶지 않아 서둘러 자리에서 일어났다. 접시들을 싱크대에 아무렇게나 쌓아놓고, 풀어 놓은 넥타이를 맨 뒤 가방을 집어 들었다. 마지막으로 주방으로 돌아가 찬장에 놓아둔 약병의 뚜껑을 열었을 때에도 그녀는 아직 TV를 보고 있었다. 어디서 찾은 건지 리모콘으로 채널을 돌리고 있었다. 나는 알약을 몇 알 입안에 털어 넣었다. 물을 마시려는데 그녀가 기다렸다는 듯 입을 열었다.

"하지만 그건 이상해. 안 그래?"

철없는 소리. 언제까지 그렇게 세상물정 모르는 이야기만 할 거야? 나는 그렇게 생각했지만, 그 상념들을 약과 함께 차가운 물에 녹여 억지로 삼켰다. 나는 기계적인 동작으로 그녀의 볼에 키스했다. 예리는 아무 말도 하지 않았다. 침묵 사이로 TV 프로의 시끄러운 웃음소리가

(계속)

(앞에서 계속)

스며들었다. 5년이란 시간 동안, 나는 변호사가 됐고 그녀는 초등교사
가 되었다. 나는 범법자들을 변호해서 그들의 형량을 줄여주고 돈을
번다. 그녀는 어린 아이들에게 교과서 속 올바른 세상을 가르친다. 그
녀는 그 올바른 세상을 동경하는 것 같았다. 교과서와 현실은 너무나
다른 것인데도.

　　현실은.

　　쿵. 딱딱한 현관문이 닫히며 차가운 소음으로 그녀의 시선을 잘라
냈다.

　　나는 안도의 한숨을 내쉬었다.

　　…(하략)…

활동 및 과제

1) 체험을 바탕으로 자전적 소설을 써보자.

2) 신문기사나 예화를 바탕으로 엽편소설을 써보자.

■■■■■■

글쓰기가 실패하는 까닭은

작가가 자신이 다루는 글감에 대해 충분히 알지 못해서다.

아는 게 충분하면 느낌도 충분하다.

윌리엄 슬론

1. 잡지의 개념과 유래

잡지(magazine)라는 단어는 '창고'라는 뜻의 네덜란드어 마가지엔(magazine)에서 유래했다. 최초 잡지는 영국의 『젠틀맨스 매거진』(Gentleman's Magazine, 1731~1914)이다. 당시 지식인에게 정보와 오락을 책으로 묶어 제공했는데 그 영향력이 매우 커서 영국 상류층의 상징이 될 정도였다. 현재와 같은 사진이 실리기 시작한 것은 프랑스의 『일뤼스트라시옹』(L'Ilustration, 현 『파리 마치』의 전신)지가 최초이다. 우리나라 최초 잡지는 1896년 2월1일 대조선일본유학생친목회에서 발행한 『친목회 회보』이고 최초 월간 잡지는 1908년 11월 1일 창간된 『소년』이다.

잡지는 여러 가지 내용의 글을 모아서 주 1회 이상 자료를 수집하고 취재하여 책의 형태로 출판하는 정기간행물을 말한다. 발행 간격에 따라 주간, 월간, 계간으로 구별한다. 잡지는 신문과 책의 중간적 성격을 띤다. 신문이나 방송에 비해 다양한 내용과 긴 호흡의 글을 실을 수 있다. 무크지는 정기간행물 잡지(magazine)와 단행본 책(book)의

영문 합성어로서 내용은 잡지 형태를 띠고 1회, 비정기간행물 형태를 띤다.

2. 잡지의 역할과 구분

잡지는 국민들에게 필요한 정보를 모아서 활용하도록 하는 정보 전달 등의 기능을 한다. 이 가운데 시사 잡지(종합지)는 정치의 동향이나 실태를 전하고 주로 남성들이 읽는다. 여성 잡지는 요리, 패션, 가정교육에 대해 다루므로 여성들을 대상으로 한다. 등산, 낚시, 여행 등을 주 정보원으로 삼는 레저 잡지, 만화와 동화, 학습 정보를 주로 담는 만화 잡지와 어린이 잡지가 있고 사진을 통해 정치적 이슈와 스포츠, 연예 정보를 전달하는 화보 잡지가 있다.

더 세분화하여 구분하면 시사지, 주부지, 미혼여성지, 남성지, 경제 전문지, 레저 전문지, 예술 전문지, 학술 전문지, 사건 전문지, 건강 전문지, 과학 전문지, 의학 전문지 등 그 종류가 매우 다양하다. 국내 순수 잡지가 있고 라이선스 잡지가 있으며 그 성격이나 특징에 따라 종합 잡지와 지역 잡지, 생활 잡지, 시사 잡지, 특수취미 잡지, 업계 전문지, 엘리트 잡지, 전자 잡지 등으로 나누기도 하고 월슬리(Ronand E. Wolseley)는 일반 전문지와 특수 전문지로 구분하기도 했다.

3. 좋은 기획 기사

신문이든 방송이든 잡지든 아니 단행본 출판 영역일지라도 기획은 모든 것의 첫 출발이다. 잡지는 신문 방송보다 제작 기간이 길어 특히 속보성 뉴스보다는 기획이 생명이다. 어떤 기획을 담았느냐에 따라 주간 잡지, 월간 잡지는 해당 발행호가 매진되고 구독자가 몰려들고 광고주가 늘 수밖에 없다.

이러한 기획 기사의 첫걸음은 가장 최근의 사회적 이슈가 무엇인 지를 알아야 한다는 것이다. 더 세부적으로 불특정 다수의 대중들이 어떤 사회적 트렌드를 갖고 있는지 그 속성을 파악해내야 한다. 그 분석 자료를 바탕으로 어떻게 접근해서 그러한 취향의 독자들에게 미래 지향적인 정보와 대안을 제시할 것인가를 모색해야 한다. 이렇게 주제와 목적이 정해진다.

그다음 주제와 목적에 맞는 시장조사가 이루어지고 핵심 콘셉트를 찾아내야 한다. 이에 대한 데이터가 정확한 자료인지를 사전에 검증해야 한다. 이를 바탕으로 핵심적 요소는 무엇인지, 이를 어떻게 전달할 것인가? 그 방법을 결정한다. 아무리 좋은 자료를 바탕으로 기획한 기사일지라도 잡지의 경우 주간 월간 단위로 발행함으로 취재 일정, 제작 기간을 감안해 시중에 배포될 시점에 독자들에게 유익한 정보가 되는지, 사회적 파장 등 그 영향력이 어떤 방식으로 어느 정도 미칠 것인지를 사전에 전망할 수 있어야 한다. 이 모든 것이 결정되면 철저히 프로 정신에 입각한 심층적인 취재가 필요하다. 잡지는 긴 글의 작성을 요구하므로 충분히 많은 사람을 만나고 다양한 견해들이 반영되어야 한다.

이러한 기획 취재의 대상으로는 정치, 사회, 재테크, 대중문화, 교육, 환경, 스포츠, 여행 등 그 분야가 매우 다양하다. 갈수록 전문지가 늘면서 그 전문성도 더욱 요구된다. 기획 기사는 그 사회적 비중이나 규모에 따라 특집, 현장 르포, 특별 기획 등으로 나누어진다. 또한 내용에 따라 단독 기사, 특종이 되기도 하고 패션쇼, 각종 전시회, 이모저모 등 동정 기사로 르포 형태를 띠기도 한다. 특히 매체 성격과 주제에 맞는 기획 아이템이 결정되면 해당 호수와 기획에 맞는 인물 파일을 전문 분야별, 계보별로 잘 파악해 작성한다. 이와 관련된 신문, 잡지, 인터넷, 통계, 사진 파일 등을 정리한다. 특히 유사 주제로 타매체가 이미 보도한 경우는 잘못 보도된 부분은 없었는지, 취재 과정을 둘러싸고 오보 등 법적 소송 등이 관련된 경우는 없는지 등을 사전에 체크한다. 미묘한 갈등과 대립에 있는 이해 당사자의 경우는 반드시 인터넷 검색을 통해 전후 과정을 파악하고 예민한 부분은 이메일 교환이나 직접 방문을 통해 사실을 확인하고 음성, 영상 파일 등을 증거로 확보해야 한다.

이 책에서는 지면 관계로 여러 기획 기사 중 여행 기사를 중심으로 설명하고자 한다. 여행 기사는 기자가 직접 취재하기도 하고 여행 전문가를 필자로 섭외해 글을 실을 수도 있다. 여행 기사는 크게 정보 위주로 싣는 경우와 여행자가 에세이 형식으로 느낀 점을 싣는 경우로 나눈다. 여행 대상이나 장소에 대한 역사적 자료, 명소의 특징과 느낀 점, 체험 코스 등을 가보고 싶은 욕구가 생기도록 설명하고 묘사한다. 정확한 교통편, 여행 코스 중 테마별 코스, 주변 볼거리, 즐길거리, 시간대별 느낌의 차이, 숙박 편의 시설, 입장료, 추천 사이트 등 매체 기획 의도와 지면 배정에 따라 세밀하게 기록하는 방식과 사진 위주로 보는 뉴스로 기획하기도 한다.

1) 기사의 요건

기사 요건을 갖추기 위해서는 정확성, 객관성, 공정성이라는 3원칙을 지켜야 한다. 저널리즘(journalism)은 진실을 본질로 한 객관적이고 공정한 보도를 말한다. 인간이 객관성과 공정성을 갖추기란 말처럼 쉽지가 않다. 그래서 기자는 기자 정신과 사회적 소명 의식을 갖고 이를 실천해야 한다.

2) 기자의 요건

좋은 기자가 되려면 취재력, 판단력, 문장력을 갖춰야 한다. 취재력, 판단력, 문장력은 좋은 기자를 위한 필요충분조건이면서 사회 구성원으로 듬직하고 보람 있게 성장하기 위한 필요충분조건이기도 하다.

기자는 단순히 글 쓰는 기계가 아니다. 부단한 독서와 심신 훈련이 병행되어야 오래도록 성장하고 즐기는 기자가 될 수 있다. 그래서 훌륭한 기자가 되기 위해서는 부지런히 지식과 지혜를 쌓아가는 노력이 필요하다.

기사에는 구성 원칙이 있는데 기자는 기사가 그 구성 원칙에 맞는지 점검하고, 이를 충족시키는 기삿거리를 찾기 위해 열정을 바쳐야 한다. 그 기사의 소재와 기사 방향은 뉴스의 속성에 맞아야 한다. 뉴스의 절반은 인간의 이야기이다. 분노와 비판, 고민과 갈등, 고통, 새로움, 놀라움을 조절하면서 흥미성에 부합하는가를 판단하고 취재하여, 기사화할 때는 문장력을 구사할 줄 알아야 한다.

3) 취재 과정

부단한 자료 수집이 몸에 배어 있어야 한다. 스크랩북은 주제별 인물별로 파일을 관리하고 인터넷 공간, 또는 컴퓨터 바탕화면에 별도 작업실을 만들어야 한다. 자료 정리 노하우가 결국 기자 생활의 노하우라는 점을 잊지 말아야 한다. 이런 경험이 쌓이면서 인맥 풀이 형성된다. 그러기 이전에는 멘토가 필요하다. 자신의 길을 걷는 데 필요한 정신적 지주 역할을 한 선배 언론인 등을 통해 취재 노하우를 습득해 나가야 한다.

이런 바탕 위에서 기획물이 설정되면 자신의 역량과 일정에 따라 직접 취재할 것인가, 프리랜서를 활용할 것인가를 잘 판단해야 한다. 욕심이 지나쳐 무리한 기사 꼭지를 담당할 경우 기사도 부실해지고 결국 전체적으로 편집 제작 일정 지연과 판매 및 광고 급감의 원인을 제공하는 장본인이 될 수 있다.

기사의 무게나 깊이에 따라 1단계로 마무리가 가능한 소재가 있고 2단계로 취재해야 하는 경우가 있다. 이미 경쟁사나 자매지가 보도해 더 심층적으로 접근하거나 잘못 보도된 것을 바로잡아야 하는 경우도 있다. 그래서 이 기사가 속보 가치인가, 기획 기사 가치인지, 다른 매체로 넘겨야 할 소재인지를 판단해야 한다. 잠입 취재할 것인가? 동반 취재할 것인가? 또한 열심히 취재해놓고 기사의 파장을 예측하지 못해 역효과를 불러온 기사도 있을 수 있다. 직위와 학위, 경력에 말려들어 역이용당하는 사례도 있다는 점을 간과해서는 안 된다.

기자는 대담성, 민첩성을 겸비해야 한다. 오래전 선배 언론인들은 국제대회에서 금메달을 따거나 세계신기록을 세울 경우 경쟁사보다 앞서 보도하고 자료가 유출되지 못하도록 동사무소의 인적카드와 앨

범을 빼앗아 오기도 하고, 응급실 환자나 국립수사과학연구소의 시체 상처 깊이가 몇 cm인지를 알아보며 다니기도 했다. 또 어떤 기자는 여야 총무회담 전에 또는 검사회의 전에 마루 밑으로 잠입해 취재를 시도하기도 했다.

기자는 인맥 관리를 잘 하여야 한다. 특히 기자에게 취재원 관리는 그러한 문제 이상의 의미를 지닌다. 취재원과 친해지기 위해서는 인간 심리를 잘 꿰고 있어야 함은 물론, 지연·학연·입사 기수·동호회 등 이용할 수 있는 네트워크는 모두 동원하고, 매사 호의를 베풀면서 친밀도를 높여야 한다. 정보원을 보호하는 일도 중요하다. 취재할 때에는 예의를 갖추되 집요함도 필요하다. 정보원 일지를 관리하며 활동 반경을 체크해서 전보 때도 계속해서 인연을 이어나가야 하고, 후임자를 소개하고 소개받는 과정을 소홀히 해서는 안 된다.

4) 기사 작성 능력 기르기 5단계

(1) 다독

많이 읽으면서 메모를 병행하는 것이 필수이다. 신문, 잡지, 소설, 교양, 전반적인 분야를 고루 섭렵해야 한다. 헌책방에서 자기가 맡은 전문 분야 개념을 정리한 교과서 등을 구해 기본 이론을 섭렵해야 한다. 좋아하는 기자나 작가의 글 모음을 통해 글쓰기 방식을 익힌다. 특히 일대기 스토리 전개와 어휘 사용을 유심히 관찰해서 파악해야 한다. 주제별로 새 이론서의 흐름을 파악하고 기획력을 확장하고 자신도 더 잘할 수 있는 방식으로 능력을 길러가야 한다.

(2) 다작

읽기와 쓰기는 병행되어야 한다. 기자는 기록하는 사람이지 독자가 아니다. 글쓰기는 습관이 중요하다. 그래서 편지, 일기, 홈페이지, 블로그, 트위터, 페이스북, 노트 작업 등을 통하여 글쓰기를 일상화시켜야 한다. 글쓰기는 200자 원고지 2매, 3매, 5매, 8매, 15매 등 분량을 자유자재로 정해서 연습해야 한다. 연습할 때는 자신이 좋아하는 소재부터 시작한다. 생활 속의 글쓰기 방식을 통해 나중에는 자기만의 글쓰기 세계를 구축해야 한다. 헤밍웨이는 고교 졸업 후 잡지『스타』의 기자가 되었고 1919년『토론토 스타』기자를 거쳐 스페인 특파원 시절에는 그리스와 터키전 종군기자가 되었다. 종국기자로서의 현장 체험은『무기여 잘 있거라』『누구를 위하여 종은 울리나』등 전쟁체험 소설로 재탄생하며 불후의 명작이 되었다.

(3) 다양한 경험 쌓기

기자는 세상을 읽을 줄 알아야 한다. 그러기 위해 여행, 영화, 견학, 책방 나들이를 즐기자. 왜냐하면 체험이 글감의 기초가 되기 때문이다. 자신의 실패담을 찾아 글쓰기를 해보자. 현장 선배들과 교분 쌓기를 자주 하고 경험담을 듣고 정보를 교환하며 부족한 체험과 정보를 채워가자. 스타 기자가 되기까지는 그런 열정과 자기에 대한 투자가 필요하다.

(4) 스크랩 생활화

기자는 스크랩을 생활화해야 한다. 자료를 주제별 인물별로 나누고 업데이트(update)를 생활화해야 한다. 신문, 잡지 등 다방면에서 해당 부분을 찢고 모으고 읽기를 생활화한다. 통계 및 사례가 축적되면 이를 분석하여 새로운 시각으로 기사를 만들어보자.

(5) 취미 하나 갖기

이 세상에 처음부터 전문가는 없다. 취미 하나를 갖고 거기에 미쳐 보자. 그런 과정에서 전문성이 쌓이고 인맥 풀을 만들어가는 길이 닦 인다.

4. 기사 작성법

1) 글감(source) 찾기

글감은 시의성, 사회에 미치는 영향, 간결성, 명료성, 흥미에 근거 하여 찾아야 한다.

2) 주제 정하기

기사 가치를 높이는 통계와 사례를 파악하고 경쟁지에서 보도한 소재인지를 사전에 확인한다.

3) 쓰기

직조하기라고 부르기도 한다. 기사 작성에서 첫 문장은 가장 중요 하다. 독서 경험을 토대로 한 명언을 문장의 적재적소에 삽입하는 방식을 취하면 젊은 기자들의 글에서 부족한 신뢰도를 견인하며 설득력을 배가시켜준다. 독자는 기사를 다 읽지 않는다. 또 편집에서 삭제될 가능성을 감안해 중요한 순서로 작성한다. 일종의 역피라미드형 기사 양식의 적용이다. 이러한 현상은 1860년 남북전쟁 때 전신을 이용하면서 통신 상태가 좋지 않아 '뉴스 가치'가 높은 것부터 전송하던 것에서 비롯됐다. 한국에서는 한국전쟁 이후에 등장한 방식이다.

리드 쓰기 요령

» 리드(도입부-직접 리드와 해설 리드)는 압축되어야 한다. 리드를 잡으면 절반은 성공한 셈이다.

» 방송 기사는 신문 기사와 다르다. 신문은 길고 조금 어려워도 되지만 방송은 영상 중심이다. 잡지는 호흡이 길어도 괜찮다. 자신만의 문장력을 발휘해 흥미를 끄는 어휘로 리드를 잡는다.

» 해설 리드란 여러 자료를 바탕으로 하여 기자가 결론부터 이끌어가는 방식이다. 연역법에 해당한다. 이를테면 모든 사람은 죽는다(대전제), 소크라테스는 사람이다(소전제), 그러므로 소크라테스는 죽는다(결론), 이런 식이다.

» 신문은 문어체, 방송은 구어체이다. 잡지는 문어체, 구어체가 모두 가능하다.

» 신문 리드는 과거, 방송은 현재형이다. "오늘은, 오늘 저녁, 조금 전, 했습니다, 하고 있습니다"는 식이다. TV는 대개 40초 미만이고 라디오는 1장 미만이다. 최대 60초로 단순명료해야 한다. 숫자는 자제하고 인용은 풀어서 읽어야 한다.

» 모든 기사가 육하원칙을 적용하는 것은 아니다. 기사에 따라 어느 부분을 강조할 것인가에 따라 리드는 달라진다. 이를테

(계속)

(앞에서 계속)

면 "공무원법상 영리사업을 할 수 없는 모 교수가 학생들을 상대로 다단계 판매를 해온 것으로 밝혀졌다"는 기사에서 리드는 '누구'에 맞춰져 있다.

» 리드를 잡은 후에는 본문 처리 단계로 접어든다. 독자의 관심을 끄는 문장 전개가 필요하다. 그리고 리드에서 소개 못한 추가 정보, 추가 정보의 구체화, 중요도에 따른 정보 추가 등의 순서로 내용을 구분해 작성해야 한다. 한 단락에서는 한 아이디어만 추가한다. 한 주제에서 다른 주제로 전환할 경우에는 전환 단어를 삽입한다. 이를테면 '또한, 그러나, 반면에' 등의 표현을 말한다.

4) 가감 판단

이 기사는 이해하기 쉬운가? 주제와 일체감을 이루었는가에 초점을 맞추어 다시 읽으면서 글을 손질한다. 더 보충되어야 할 내용은 없는지 살펴보고 논지 혹은 주제에 맞추어 보완하여야 한다. 그리고 불필요한 군더더기는 없는지 확인하여 삭제한다.

5) 교정 보기

맞춤법, 취재원 이름과 나이, 사건 발생이나 인터뷰 일시, 기사에 등장하는 전문용어의 개념 정리가 정확하게 된 것인지를 확인한다. 아무리 잘 쓴 글도 오자가 생기면 독자는 불신감을 갖는다. 유종의 미를 거두는 길은 반드시 다시 읽고 교정 보기를 생활화하는 것이다.

기사 작성법 십계명

올바른 기사를 작성하기 위해서는 다음 십계명을 지켜야 한다.

» 쉽게 써라

좋은 기사란 쉽고 간단명료하게 이해되고 인식되는 글이다.

» 간결하게 써라

핵심만 간추려 써라.

» 정확하게 써라

사실을 중심으로 써라. 과학 기사, 통계 기사는 반드시 그 정확성을 확인한다. 기사가 사실과 다르게 왜곡되었을 때 명예 훼손 등으로 고소될 수도 있다.

» 능동태로 써라

품사는 동사 중심으로 기술하고 독자가 편하게 읽을 수 있도록 쓴다. 기사는 기자 개인의 견해를 밝힌다거나 주관적 의견을 피력하는 글이 아니다. 따라서 객관성을 유지하여야 한다. 특히 피동태로 쓰지 말고 능동태로 기술해야 한다.

» 물 흐르듯 써라

이를테면 '여행을 간다'는 표현보다 '여행 간다'고 표현하면 읽기 편하다. 중언부언하지 않아야 한다.

» 말하지 말고 묘사해라

기자는 객관적이어야 한다. 독자 중심에서 써라. 스포츠 뉴스가 전후반 축구 90분 중 핵심만 재밌게 보도하듯이 요약해서 묘사하라.

» 정치 외교 문제는 종합적 취재 후에 써라

국가적 사회적으로 민감한 사안은 특히 주의가 요망된다.

(계속)

(앞에서 계속)

어렵고 중요한 문제일수록 분류하여 기사를 쪼개서 써라.

» **외국어와 숫자 사용을 절제하라**

기사는 논문이 아니다. 읽는 사람이 난해하다고 느끼지 않도록 해야 한다. 읽고 쓰기 곤란한 문장이나 숫자는 아예 사용하지 않는다.

» **마무리를 철저히 하라**

교정 교열의 정확성이 매우 중요하다.

» **기자의 책무 (공공성과 영향력)에 합당한가를 판단하라.**

기자의 글은 공공성을 가지므로 사회적 파장과 영향력을 반드시 고려하여야 한다. 보도 후 사회적으로 미칠 영향력과 파급효과를 반드시 예상하고 글을 써야 한다. 기자에게는 글 쓸 자유와 함께 책임 또한 뒤따른다.

예시 1

정유빈 · 김다애 · 김지유 · 전소영(학생),
기획기사 「20살, 로맨스가 필요해」

Part 1. 드라마 속 캐릭터에서 찾은 에디터 4인의 연애사
에디터 A : 벤츠를 기다리는 〈내 이름은 김삼순〉 김삼순
에디터 B : 연애 진행 중 〈그들이 사는 세상〉 주준영
에디터 C : 모태솔로, 〈지붕 뚫고 하이킥〉 신세경
에디터 D : 짝사랑만 오 년째 〈내 딸 서영이〉 최호정

(계속)

(앞에서 계속)

Part 2. 에디터 4인의 은밀한 수다 녹취록

이상형, 연애, 데이트 비용, 스킨십 진도, 혼전 순결, 원나잇, 피임, 동거, 결혼 시기

A 꼭 결혼해야 하는 거야? 너희 혼전 순결 지킬 거야? 나는 모르겠어. 요즘 세상에 그걸 지킬 수 있을까?

B 나도 남자친구가 정말 믿을 만하다, 사랑에 조금의 의심도 없다 하면 할 수 있을 것 같아.

A 그리고 성관계도 손잡고 뽀뽀하는 스킨십처럼 사랑이 깊어지면 자연스럽게 하게 된대.

C 나는 못할 것 같아. 다른 진도는 빨리빨리 할 수 있는데, 성관계는 자칫 아이가 생길 수 있잖아. 확실하게 아이를 책임질 수 있을 때, 그러니까 결혼한 후에 할 거야.

D 나는 아까도 말했듯이, 내가 지금 짝사랑하는 사람과는 결혼까지도 생각했기 때문에, 그 사람이면 괜찮다 했는데, 솔직히 다른 사람과 연애를 하게 되면 어떻게 될지 나도 잘 모르겠어. 내가 좀 개방적으로 생각하는 편이기는 한데, '상대방이 어떠하냐?'에 따라 얼마든지 달라질 수 있을 것 같아.

B 나는 사랑을 넘어서 정말 성품과 인성에 한 치의 의심도 없이 믿을 수 있을 때, 정말 소중한 거니까.

D 나도 그래서 원나잇처럼 스쳐 지나가는 사람과 관계 갖는 일은 못할 것 같아.

Part 3. 신입 여학생들의 연애관은 어떨까?

에디터 4인의 이야기를 바탕으로, 가천대학교 신입 여학생 40명을 대상으로 설문 조사를 실시하였다. 연애, 성, 결혼에 대한 그녀들의 속마음은 무엇일까? 설문 조사 항목은 이상형, 데이트 비용, 스킨십 진도, 혼전 순결, 피임 책임, 동거, 결혼하고 싶은 나이 등이다.

(앞에서 계속)

이상형은?

웃는 게 매력적인 남자 : 46%

단정하고 바른 남자 : 30%

하얗고 예쁜 남자 : 7%

잘생긴 남자 : 7%

기타 : 10%

결혼하고 싶은 나이는?

20대 후반 : 35%

30대 초반 : 33%

30대 중반 : 15%

30대 후반 : 10%

20대 중반 : 7%

김유경 · 이서현 · 장성희 · 최은우(학생),

사랑과 결혼에 대한 부모님 인터뷰 Q&A

1. 결혼하고 나서 후회했던 점과 잘했다고 생각한 점은?

성격 차이라고 생각할 수도 있지만 가끔 일방적이며 타협하지 않고 행동하고 말할 때는 힘들다. 그렇지만 가족이 중심이고 근면 성실하게 생활하는 모습을 볼 때면 잘했다고 생각한다. 또 첫째 둘째를 낳고 기르면서 진정한 행복이라는 것을 느낄 수 있었다.

2. 결혼 생활 중 갈등의 주된 원인은?

건강을 위해 운동하는 것은 좋지만 운동 후 같이 운동한 사람들과의 과한 음주.

3. 결혼에 대해 우리에게 해주고 싶은 말?

만약에 하게 된다면 누군가에 의해 하는 결혼이 아닌 너의 생각이 중심인 결혼이 되었으면 좋겠고, 가치관이나 생각이 맞는 사람을 만났으면 좋겠다. 그렇지만 결혼은 필수가 아니다. 혼자라도 행복하고 즐거울 수 있다면 굳이 꼭 결혼을 할 필요는 없다고 생각한다. 너의 능력을 펼치며 너의 인생을 즐겼으면 좋겠다.

4. 부모님 인터뷰를 해본 소감

당연하게만 생각해왔던 부모님의 결혼 생활과 처음부터 가족으로 정해졌던 것이 아니라 선택한 것이라는 사실이 새삼 새롭게 느껴졌다. 자연스럽고 평범한 일상으로 생각했던 부모님의 결혼 생활에 대해 인터뷰 형식으로 질문하고 답을 들으며 생각해볼 기회를 가질 수 있어서 좋은 경험이었다고 생각한다.

활동 및 과제

1) 자신이 좋아하는 분야의 잡지를 한 권 읽고 분석 글을 써보자.

2) 사랑과 결혼을 주제로 조별로 잡지 기사문을 써보자.

■■■■■

작가는 다른 사람들보다

글쓰기를 어려워하는 사람이다.

토마스 만

1. 광고의 개념

광고(advertising)는 광고주가 매체를 통해 의사 전달을 하는 단방향 의사소통 방법으로서 광고를 접하는 수용자의 태도를 변화시키기 위한 목적을 가진다. 광고의 영문인 'advertising'은 라틴어 'advertere'에서 유래한 것으로, '~으로 향하게 하다' 또는 '주의를 돌리다'라는 뜻이다. 즉 사람들의 관심을 집중시켜 무엇인가를 알리는 행위다.

2. 광고의 목적

광고는 기본적으로 대중에게 이미지 또는 짧은 문구를 담아 알려야만 하는 설득의 예술이라 볼 수 있다. 왜냐하면 그 광고를 통하여 공익성을 추구하거나 상품이나 서비스에 대한 소비자의 인식을 형성해야 하기 때문이다. 이로써 기존 사용자들에 대한 추가적인 판매 촉진 등을 도모할 수 있다. 특히 대중매체를 이용한 광고는 여러 지역에 분산된 소비자에게 동시에 접근할 수 있다는 특성도 가진다.

3. 광고의 요소

좋은 광고를 만들기 위해서는 기본적으로 무엇을 전달할 것인가에 대한 내용 즉 자료의 확보가 필요하다. 다음으로 '누구에게 전달할 것인가' 즉 대상을 정해야 한다. 또한 어떤 매체를 통해 전달할 것인가를 결정해야 한다. 그리고 어떠한 방식으로 전달해야 하는가, 어떻게 표현해야 하는가의 문제에 대해 고민하여야 한다. 특히 광고의 4요소라 할 수 있는 정보(what), 대상(whom), 매체(how), 표현 중에서 어떻게 표현하느냐의 문제에 집중하여야 한다.

광고는 눈에 잘 띄며, 이해하기 쉽고 타인의 시선을 잘 끌어야 한다. 이를 위해서 광고는 독창적이어야 하며 재미와 흥미, 궁금증을 유발할 수 있어야 한다. 나아가 제품에 대한 정보 혹은 홍보의 내용을 간단명료하게 또는 감성적으로 접근해 강한 인상을 주어야 좋은 광고라 할 수 있다.

4. 광고 문구의 작성법

1) '무엇을 쓸 것인가'라는 생각을 접어두고 가볍게 제품을 보고 떠오른 첫 문장을 써보도록 한다. 이를 통해 연쇄적으로 다음 문장이 떠오른다.
2) 구체적이고 분명한 메시지로 시선을 끌어야 한다. 단순하면서도 명확한 캐치프레이즈로 집약시킨다.
3) 함축적인 이미지로 형상화하여 참신한 느낌을 준다. 멋진 광고는 제품이 아닌 이미지와 라이프 스타일을 판다.

4) 자연스러우면서도 설득력 있는 내용을 가져야 한다.

5) 강력한 표현이 가능한 동사를 선택하고 거기에 형용사를 추가하면 효과적이다. 형용사는 명확한 정보를 제공하고 집중하게 해준다. 이후에 제품에 어울리는 단어를 설정해야 한다.

6) 짧고 단순하며 리듬감을 살리면 기억을 용이하게 할 수 있다. 운율이 좋은 광고 문구는 발음하기도 좋다. 자신이 작성한 문구를 읽어보면서 리듬감과 함축적인 재미가 유발되도록 수정해야 한다.

7) 좋은 광고 문구를 만들기 위해서는 다양한 책 읽기가 필요하다. 다양한 책 읽기를 통하여 개성적이고 사유적인 혹은 감성적인 광고 문구가 나올 수 있다. 또는 과거의 문구를 응용할 수 있다. 영화나 히트곡의 제목을 모아 정리해보는 것도 도움이 된다.

8) 의인법을 즐겨 쓰면 참신한 광고 문구를 쓸 수 있다.
"초코파이는 정(情)입니다." "스포츠는 살아 있다." 등

예시 1　오장훈(학생), 공익광고 '발 건강2—발바닥 지도'

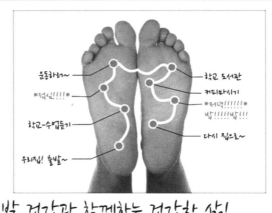

» 손에 손금이 있듯, 발에도 발금이 있다. 그것도 마치 약도 혹은 지도의 길 같다는 생각을 함.
» 지도의 여러 곳을 돌아다니는 모습을 '활동적 삶'과 결합시켜 이미지화함.
» 지압점을 표시할까 생각도 했지만, 지압점을 표시하게 되면 혹 이 광고를 공익광고가 아니라 한의원 광고 등으로 오해할까 생각하여 빼기로 결정함.
» 발바닥에 자주 돌아다니는 곳을 표시하고 '발바닥 지도'라고 이름 붙임.
» 마찬가지로 발 건강을 점검해보라고 권유하는 방식을 채택함.

활동 및 과제

1) 일상생활에서 소재를 찾아 광고를 만들어보자.

2) 생활용품 가운데 5개를 선택하여 광고 카피를 써보자.

제 **9** 강

라디오 프로그램 기획

MASS
MEDIA

WRITING

■ ■ ■ ■ ■ ■

글에서 '매우', '무척' 등의 단어만 빼면

좋은 글이 완성된다.

마크 트웨인

1. 라디오의 특성

라디오는 일반 대중을 대상으로 한 최초의 대중매체로서 텔레비전이 보편화되기 이전에 정보와 오락 기능 등 여러 가지 면에서 그 역할을 했다. 시대의 변화와 뉴미디어의 등장으로 라디오의 위상이 달라졌다는 지적도 있기는 하지만 오히려 인터넷의 발달과 함께 라디오가 가진 장점인 휴대의 간편성을 살리면서 그 영역을 확장하고 있다.

1) **신속성** 라디오는 다른 어떤 매체보다도 신속하게 정보를 전달하고 청취자의 참여가 즉각적으로 이루어진다. 대부분의 라디오가 생방송으로 진행된다는 점도 큰 장점이다.

2) **1대 1의 사적인 공간, 개인매체라는 점** 방송은 수많은 청취자를 향해 이루어지지만 실제로는 1대 1의 친밀하고 사적인 매체이다. 때문에 라디오를 진행하는 사람도 공적이거나 객관적인 표현보다는 친밀하고 사적인 표현을 쓰면서, 마치 1대 1로 다른 사람과 대화하듯이 친밀하게 진행해야 한다.

3) **병행성** 라디오는 다른 일을 하면서 자유롭게 청취할 수 있다. 공부하면서 운전하면서 가정일을 하면서 얼마든지 라디오를 들을 수 있다. 이러한 특성은 라디오가 사랑받을 수 있는 가장 라디오다운 장점이라고 할 수 있다.

4) **생방송** 라디오는 청취자와 진행자 간의 1대 1의 사적인 만남이다. 그 직접성과 친밀성을 극대화할 수 있도록 대부분이 생방송으로 진행되고 있다. 제작비가 비교적 저렴하고 필요 인력도 적기 때문에 가능한 일이다.

5) **청각 중심의 매체** 라디오는 말, 음악, 음향으로만 이루어진 청각 중심의 매체이다. 이를 통해 청취자의 상상력과 정서를 자극할 수 있다.

6) **쌍방향성 매체** 제작자와 진행자에 의한 일방적 진행이 아니라 청취자의 사연과 참여로 이루어지는 쌍방향성 매체이다.

7) **인격성** 음악을 통해 살아 있는 감정을 전달하고 고저 · 장단 · 강약 · 완급 등 말의 변화에 따라 다양한 감정을 전달한다. 라디오는 무엇보다 정서적이고 감성적인 매체이다.

2. 라디오 기획안 작성법

라디오 기획은 프로그램을 제작하고 진행하는 데 있어 기초가 되는 중요한 요소이다. 기획서는 프로그램이 필요한 이유와 기획 의도를 구체적이고 명확하게 드러내야 한다. 방송 내용은 기획 의도에 충실해야 하며 청취자와 코드가 맞아야 하고 가용한 자원 즉 인력, 시간, 예산, 장비 등으로 제작이 가능해야 한다. 라디오 기획을 할 때는 청취자에게 무엇을 줄 것인가와 방송이 나간 후의 결과를 예측해야 한다. 기획은 창조성, 현실성, 논리성을 모두 갖추어야 한다. 라디오 기획안의 형식은 일정하게 정해진 것은 없지만 일반적으로 프로그램명, 제작 형식, 방송 일시, 기획 의도, 방송 내용, 추정 제작비, 제작 스태프 등을 포함한다.

라디오 기획을 잘 하기 위해서는 창의적, 분석적, 논리적으로 세상을 바라봐야 하고 트렌드를 잘 읽어야 한다. 사회적 분위기에 관심을 갖고 시사에 대한 관심과 독서가 중요하다. 아이디어가 풍부해야 하고 새로운 정보와 지식을 확보해야 하며 시대의 흐름을 잘 간파해야 한다. 또한 사회문화적 상황과 청취자의 라이프 스타일까지도 분석해야 한다.

기획안은 일반적으로 프로그램의 필요성과 가치, 누구에게, 무엇을, 왜, 어떻게 전달할 것인가를 포함해야 한다. 프로그램의 필요성과 가치는 기획 의도의 근거 즉 문제 제기에 해당한다. 어떤 필요성에 의해, 또한 현재의 어떤 상황으로 인해 이러한 프로그램이 필요한지를 제시하는 것이다. '누구에게'는 청취자층의 선정을 의미한다. 라디오는 철저하게 청취자 중심이어야 한다. PD와 작가의 성향과 의도가 아니라 청취자층에 대한 철저한 분석과 대비를 통해 내용을 구성해야 한다. 일반적으로 방송 시간대별로 목표로 하는 청취자가 다르지만 이것만으로는 차별성을 지니기 어렵기 때문에 더 구체적인 접근이 필요하다. 연령, 성별, 결혼 여부, 직업 등 간단한 통계학적 접근뿐만 아니라 가치관, 생활 습관, 생활 태도 등도 살펴야 한다. 라디오는 언제나 청취자 중심의 사고를 해야 하고 기획의 첫 출발은 청취자이기 때문이다. 청취자가 듣고 싶은 방송이 되도록 하는 것이 중요하다.

'무엇을'은 방송 내용에 해당하는 부분으로 기본적인 프로그램의 성격과 주제를 규정하는 중요한 것이므로 명확하게 해야 한다. 구체적인 내용은 방송 내용에 해당하는 것이므로 내용을 다 적을 필요는 없고 간단하게 코너명과 성격 등을 명시하면 된다.

'왜'는 프로그램을 기획하는 의도를 의미하는 것이므로 설득력 있게 작성해야 한다. 예를 들어 '재즈 확산에 기여하기 위하여', '책 읽기의 중요성을 전하고 책 선물의 문화가 전파될 수 있도록' 등이다. '어떻게'는 구체적인 표현 전략을 의미한다. 정규 프로그램은 코너명과 코너를 소개하는 글을 쓰면 되고 특집 프로그램은 줄거리나 주요 내용을 작성하면 된다. 이외에 추정 제작비, 제작 스태프 등을 고려한다.

3. 라디오 작가의 역할과 원고 작성법

라디오 작가는 라디오 프로그램의 방송 원고를 쓰는 작가다. 라디오 작가를 스크립트 라이터(script writer)의 준말인 스크립터라고도 부른다. 라디오 구성작가란 드라마, 다큐멘터리 이외의 라디오 프로그램 작가를 말한다. 작가는 원고 쓰기, 자료 조사, 섭외, 프로그램 기획 회의, 아이템 작성, 취재, 제작 참여, 방송이 나간 후의 피드백 등 다양한 역할을 한다. 작가가 쓰는 원고는 프로그램을 시작하는 첫인사인 오프닝, 프로그램 속의 프로그램을 다루는 코너, 코너와 코너 사이, 음악과 음악 사이를 연결하는 필러, 프로그램의 마지막 인사인 클로징이 있다.

프로그램 안에서의 역할에 따라 방송 작가를 메인 작가와, 메인 작가를 도와서 원고를 집필하는 서브 작가로 나눈다. 제작 인원이 많은 프로그램에서는 서브 작가를 세컨드 작가와 서드 작가로 나눈다. 일반적으로 서브 작가로 입문해 일정 기간 작가 활동을 한 후 메인 작가가 된다.

라디오 프로그램은 제작진 공동의 작품이다. 라디오 원고는 공동의 프로그램을 위한 글이다. 라디오 원고의 기본은 진행자와 출연자들에게 말할 거리를 제공하는 것이다. 그러므로 작가의 의견이 아니라 제작진 모두의 의견이 되는 걸 써야 한다. 제작 과정에서 새로운 소식을 넣거나 음악이나 효과음을 추가하기도 한다. 라디오 원고는 PD의 보충과 진행자의 애드리브를 거쳐서 방송된다. 작가는 자신의 원고가 좋은 방송을 위한 제작진 모두의 원고라는 인식을 가져야 한다.

좋은 작가가 되기 위해서는 글을 잘 쓸 뿐만 아니라 기획력과 같은 자질이 필요하다. 논리적인 사고와 다양한 분야에 대한 관심과 지식이 요구된다. 또한 제작진과 잘 어울리는 친화력도 필요하다. 왕성한 창의 욕구와 끊임없는 탐구심 등의 자질도 요구된다. 신속 정확한 위기 대처 능력도 요구되며 무엇보다 음악에 대한 풍부하고 해박한 지식이 필요하다. 원고를 쓰기 위해서는 많은 책을 읽고 쓰는 연습을 해야 하고 메모하는 습관을 갖는 것이 중요하다. 주제를 정해서 글을 쓰는 연습을 해주고 논리적, 창의적 사고를 키워야 한다. 이를 위해서는 다양한 분야의 독서를 많이 하는 것이 필요하다. (박길숙, 『라디오 시대 라디오 작가 되기』, 세시, 2006 참고)

라디오 원고는 글이 아니라 말을 쓰는 것이다. 듣는 것만으로 현장의 모습이 눈앞에 그려져야 하기 때문에 더 치밀하게 써야 한다. 또한 개성 있고 정감 있으면서 논리적인 글을 써야 한다. 원고 내용에 책임이 따르기 때문에 정확한 언어를 구사해야 하며 상스럽거나 저속한 언어, 은어나 비속어, 편파적이거나 사투리 등을 사용해서는 안 된다. 우리말의 특성을 살린 구어체의 표준말로 쉽고 간결하며 정확한 표현으로 교양 있는 말을 사용해야 한다. 또한 단문 위주의 간결한 글을 써서 이해력과 전달력을 높여야 한다. 라디오는 한 번밖에 들을 수 없고 청취자는 다른 일을 하면서 라디오를 듣는 경우가 많으므로 효과적으로 내용을 전달하는 것이 우선시된다. 원고를 쓰고 난 후에 누군가에게 읽혀보고 잘못 알아듣는 부분이 있으면 수정하는 것이 좋다. 원고가 읽는 사람의 말투에 어울리면 자연스러워진다. 진행자를 염두에 두고 그에 맞추어 개성 있는 원고를 쓰면 말의 효과가 증폭된다고 할 수 있다. 원고의 내용도 진행자의 생각과 어울리는 게 좋다. 청취자는 진행자가 읽는 원고를 진행자의 말로 인식하기 때문이다. 또한 알아듣기 쉽게 쓰고, 듣는 즉시 그림이 그려지고 이해되는 게 좋다. 라디오 프로그램은 말과 음향, 음악으로 이루어지기 때문에, 삽입되는 모든 소리와 어울려야 한다. 살아 있는 말을 사용해야 하며 문맥이 논리정연해야 한다.

예시 1　　　박미나(학생), 라디오 프로그램 기획안

1. 프로그램명

　　밥 줘(아침 점심 저녁으로 몇 번씩이나 아들도 딸도 남편도 이구
동성으로 외치는 말 "밥 줘!"라는 말에 지친 우리네 아줌마들이 공
감하여 힐링하는 라디오).

2. 기획 의도

　　자식들과 남편들 밥 챙겨주고 분주한 아침을 보낸 후 혼자 남아
집안일을 정리하는 주부들이 이 프로그램을 청취함으로써 누적된
피로를 날리고 힐링할 수 있도록 하는 것이 이 프로그램의 기획의
도이다.

　　– 시간대 : 오전 9~11시
　　– 청취층 : 30~50대 주부
　　– 진행자 : 박미선. 대중성 있고 친근한 아줌마의 이미지에 적합
　　　　　하다.

3. 코너 소개

1부(유쾌함)

　1. 생활의 팁(10분) : 일상생활에서 유용하게 쓰이는 팁 공개
　2. 도란도란 우리 집(20분) : 우리 집에서 벌어진 소소하고 재미
　　난 사연
　3. 내 자식이 제일 잘 나가(20분) : 자식들의 효행이나 크고 작은
　　잘난 점 자랑

2부(감성)

　1. 소녀 감성을 담아(20분) : 추억 또는 일상을 소재로 한 감성을
　　담은 사연
　2. 로맨스는 죽지 않았다(20분) : 남편이 아내 몰래 보내는 러브
　　레터

활동 및 과제

1) 기존의 라디오 프로그램을 듣고 분석해보자.

2) 조별로 라디오 프로그램을 기획하고 시놉시스를 작성해보자.

3) 자신들이 기획한 라디오 프로그램의 오프닝, 필러, 코너, 클로징
   멘트를 작성해보자.

나는 내가 느끼는 것들을 느꼈고,

내가 느끼는 것들을 알았으며,

내가 느끼는 것들을 글로 썼다.

로빈 룸

드라마는 행동하는 인물(배우)의 실제 연기 형식을 통해 생각하고 느끼는 것을 보여준다. 이것은 TV드라마, 영화, 연극에서 크게 다를 게 없다. 그렇기 때문에 이와 같은 장르들의 리뷰를 작성하는 데에 유의할 점이나 방식이 다르지 않다고 본다. 하지만 각각의 특성을 고려하여 세부적으로 나누어 살펴보기로 한다.

1. TV드라마 리뷰

우리의 일상은 텔레비전과 함께 시작되고 끝난다고 해도 과언이 아닐 정도로 텔레비전과 밀접한 관계 속에 있다. 그중에도 TV드라마는 어느 분야보다도 영향력 있는 대중문화로 자리하고 있으며, 우리나라는 드라마의 왕국이라고 해도 과언이 아닐 정도로 많고 다양한 드라마가 방영되고 있다. 이렇듯 쉽게 대할 수 있는 대중문화의 매체가 텔레비전이다.

TV드라마를 어떻게 읽을 것인가는 중요한 문제이다. TV드라마는 순기능과 역기능을 모두 가지고 있으면서 우리의 문화적 규범을 전파하기 때문이다. 더구나 사회 구성원에게 생기는 문제와 해결에 큰 관심을 불러일으키며 참여를 유도하며 여론을 형성하기도 한다. 우리의 삶과 의식 속에 TV드라마가 깊숙이 파고들어온 지는 이미 오래다. 이제는 TV드라마가 우리 생활의 한 부분으로 존재하고 있는 것이다. 그러므로 TV드라마를 어떻게 보고, 거기에 내포되어 있는 의미들을 어떻게 수용할 것인가 생각해보아야 한다.

허구에 의해 만들어진 TV드라마지만 거기에 등장하는 인물에 친숙함과 동일시를 느끼는 것은 수용자의 입장에서는 자연스러운 일이다. 드라마에서 비현실적 부분이 발견되기도 하지만 그건 개연성이 떨어지게 구성한 것일 뿐이지 우리 사회의 일면을 반영하고 있음은 틀림없다. 그렇기 때문에 TV드라마에서 다루어지고 있는 일상들이나 인물들에 친숙함과 동일시를 느끼게 되는 것이며, 아울러 카타르시스까지 경험하게 되는 것이다. 이렇듯 텔레비전은 우리가 가장 손쉽게 대하게 되는 대중매체이며, TV드라마는 우리 삶의 일부분으로 존재하는 것이다. 이제 TV드라마 리뷰를 쓰는 법을 생각해보자.

TV드라마를 감상할 때 고려할 사항

» 드라마는 일차적으로 사람에 대한 이야기이므로 등장인물 이
  해에 집중한다.
» 드라마는 사회현상을 반영하고 있기 때문에 비평적 시각을
  가지고 접근한다.
» 드라마 전반에 흐르고 있는 음악이 주제와 어떤 관련이 있는
  지 생각한다.
» 드라마의 종류에 따른 분석과 이해를 동반해야 한다.
» 드라마를 통해 어떤 감동을 받았는지 생각해본다.
» 좋은 대사나 장면, 배우의 멋진 연기 등을 메모하면서 감상
  한다.
» 플롯, 인물의 대사, 배경 음악, 시각적 장치, 성격 등을 생각하
  며 감상한다.

TV드라마 리뷰를 쓰는 방법

» 독창적인 시각을 가지고 보고 느낀 대로 쓴다.
» 자료를 참고할 수 있지만 그대로 인용하지 않는다.
» 수집한 객관적인 자료들을 참고로 자신만의 독특한 시각으로
  서술한다.
» 중요 장면을 캡처하면서 그것에 대한 견해를 곁들인다.
» 전체적인 리뷰와 부분적인 리뷰를 나누어 쓴다.
» 사회적으로 문제가 되거나 관심이 있는 부분과 관련지어 창
  의적으로 쓴다.
» TV드라마 시청을 통해 얻게 된 교훈이나 배울 점을 쓴다.

2. 영화 리뷰

영화는 문화생활을 향유하는 데에 빠질 수가 없다. 그만큼 우리의 삶과 밀접한 관계가 있기 때문이다. 영화의 아름다운 장면을 보고, 삽입된 음악을 들으면서 즐거움을 느낀다. 그리고 배우의 연기력을 보고 감동하고 스토리에서 또한 감동을 받는다. 나아가 영화 감상을 통해 느낀 것을 삶 속에 적용시키기도 한다.

오래전에 감상한 영화라 하더라도 감동이 큰 영화는 평생 동안 잊지 못하며 장면들마다에 스며든 의미들을 기억하며 회상하기도 한다. 그 작품에 삽입된 배경음악 또한 회자되기도 한다. 서사도 그렇지만 영화 속에서 나오는 장면과 음악은 참으로 중요하다. 느낌과 감동을 배가시키기 때문이다. 그렇다면 영화 리뷰는 어떻게 쓸까. 다음 몇 가지를 염두에 두고 영화 감상을 한 후 리뷰를 써보자.

영화를 감상할 때 고려할 사항

» 영화를 보면서 그것을 만든 이의 의중을 생각해야 한다. 배우의 행동에만 집중하면, 영화가 가지고 있는 주제를 놓칠 수 있다.
» 배우의 움직임을 따라가되 표정에 숨 쉬고 있는 의미를 읽어 내려고 노력해야 한다.
» 영화 전반에 흐르고 있는 음악이 주제와 어떤 관련이 있는지 생각한다.
» 역사 또는 사회 현실을 어떻게 반영하고 있는지 살펴본다.

(계속)

(앞에서 계속)

» 영화를 통해 어떤 감동을 받았는지 생각해본다.

» 좋은 대사나 장면, 배우의 멋진 연기 등을 메모하면서 영화 감상을 한다.

» 영상에는 드러나지 않으나 은유나 비유적으로 다른 사물이나 영상을 통해 말하는 부분이 있을 때 그것을 놓치지 말아야 한다.

영화 리뷰를 쓰는 방법

» 평론 형식으로 자유롭게 쓴다.

» 다른 사람의 견해에 매이지 않고 독창적인 시각을 가지고 보고 느낀 대로 쓴다.

» 영화에 관한 자료를 참고할 수 있지만 그대로 인용하지 않는다. 실화를 바탕으로 한 것이라면 제작 배경을 언급하는 게 좋다.

» 본인이 알고 있는 문화에 대한 지식을 동원하여 글을 구성한다.

» 수집한 객관적인 자료들을 참고로 자신만의 독특한 시각으로 서술한다.

» 리뷰를 읽는 사람의 입장을 고려하여 써야 한다.

» 3단 구성(서두, 본론, 마무리)이나 4단 구성(기, 승, 전, 결)을 선택하여 쓰는 게 무난하다.

» 영화의 주제를 도출해, 영화를 관람한 느낌과 함께 쓴다.

» 영화에 대한 평에서 부정적인 표현은 지양한다.

» 영화 관람을 통해 얻게 된 교훈이나 배울 점을 쓴다.

강유정(영화 칼럼니스트),

「변혁의 시대에 선 허수아비 왕, 영화 〈광해〉」

지난 몇 년 동안 사극의 관심은 온통 영·정조 시대에 쏠려 있었다 해도 무리는 아니다. 〈조선 명탐정 각시투구꽃의 비밀〉, 〈바람과 함께 사라지다〉에서 영·정조 시대는 흥미로운 과도기로 묘사된다. 영·정조 시대는 우리가 꿈꾸는 세상에 대한 이상을 '변혁'을 통해 재현한 시기로 그려졌다.

…(중략)…

광해군에 대한 역사적 평가는 아직까지도 단일하지 않다. 누군가에게는 유교의 예를 근본에서부터 전복한 폭군이며, 다른 누군가에겐 대동법을 실행하고 실리 외교를 추구한 영민한 성군이다. 성군의 측면에서 보면 그는 실리가 무엇인지 알고 있는 정치가이지만, 폭군의 측면으로 보면 왕위를 지키고자 하는 욕망에 배다른 형제를 죽인 잔인무도한 욕망의 기계이기도 하다.

이런 점에서 영화 〈광해〉는 역사적 사실의 일부를 발췌해 감독의 상상에 따라 그려낸 허구적 인물 광해의 이야기라고 보는 편이 옳다. 일본 영화 〈카게무샤〉에서처럼 영화 〈광해〉는 암살의 공포에 시달리던 왕이 내세운 허수아비의 이미지에서 시작한다. 진짜 왕이 궁을 비운 사이, 가짜 왕은 왕의 침소에서 왕 연기를 해낸다.

문제는 사람이 자리를 만들어가는 게 아니라 자리가 사람을 빚어낸다는 데에 있다. 재주와 농담을 팔아 하루하루를 살아가던 '가짜'는 왕 연기를 하면서 정치를 배우고 올바름을 알게 된다. 궐 밖에서는 그간 몰랐던 탐관오리들의 욕심을 목격하고, 계층적 불평등도 새삼 확인하게 된다.

영화 〈광해〉는 배우 이병헌의 첫 사극 도전이라는 점에서 화제가 되고 있다. 더 흥미로운 것은 이병헌의 1인 2역이 거둔 성과이다. 왕과 똑같이 생긴 천민이라는 설정에 부합하기 위해 이병헌은 두 사람의 연기를 해낸다. 영화에는 그동안 이병헌이 잘 보여주지 않았던 코믹한

(계속)

(앞에서 계속)

망가짐도 포함되어 있다. 기생집에서 농담을 팔아 연명하는 자답게 몸놀림도 가볍고, 말도 천박하다. 왕의 근엄함과 서민의 가벼움을 동시에 보여줘야 한다는 점에서 〈광해〉는 이병헌이 그간 보여준 이미지 이상을 요구한다.

문제는 〈광해〉의 이야기가 줄곧 인물들 간의 갈등 위주로 전개되어나간다는 데에 있다. 〈광해〉의 포커스는 진짜와 가짜 사이의 문제를 다루거나, 전쟁 후 광해군 시절을 섬세하게 그리기보다는 인물들 간의 갈등에 국한되어 있다. 두 시간이 훌쩍 넘는 영화 상영 시간이 지루한 이유도 여기에 있다.

가짜가 백성을 위하는 마음으로 평등에 대해 관심을 갖고 선정을 펼치는 15일의 시간이라는 점도 어떤 면에서는 개연성이 부족하다. 오히려, 부족한 개연성과 이야기의 흡입력을 배우들의 연기력을 통해 보완하고 있다. 하지만 서사적 공백을 배우들의 연기력으로 모두 메꾸기는 어렵다. 이병헌의 연기력을 확인할 수는 있으나, 새로운 사극의 면모를 찾기는 어렵다는 의미이다. 〈그대를 사랑합니다〉에서 보았던 추창민 감독의 드라마 감각이 눈물을 짜내는 멜로드라마로 한정된 안타까움도 있다.

예시 2　　　이륜경(학생), 〈페인티드 베일〉 영화 비평 전문

제목은 중요하다. 제목 안에 주제가 담겨 있기도 하고, 실마리를 주기도 하는 것이 제목이다. 이 글을 쓰기 전 눈물을 훔치며 본 영화를 다시금 떠올리며 제목을 새삼스럽게 검색해보았다. 〈The Painted Veil〉. '걸치장한 · 허식적인 · 공허한'이라는 뜻을 가진 'painted'와 신부의 면사포를 의미하는 'veil', 월터와 키티의 결혼 생활을 잘 말해주고 있었다.

사교 모임에서 처음 만난 둘. 키티에게 한눈에 반한 월터는 키티가 사랑하지 않는다는 사실을 알면서도 나중엔 사랑하리라 믿으며 결혼

(계속)

(앞에서 계속)

한다. 문제는 키티와 월터의 성격의 차이에서 발생했다. 정적인 활동을 즐기는 월터와 동적인 키티는 서로 바라는 것이 상대에게 없음을 한탄한다. 특히나 원치 않던 결혼을 한 키티는 어디서나 대화보단 책과 업무를 즐기는 월터를 이해할 수 없었다. 그렇기에 진실인지 알 수 없는 찰리의 경극에 대한 설명에 자신을 대입한다. 먼 나라로 팔려가우는 하녀와 반강제와 오기로 결혼한 자신. 그리고 사랑할 수 없으며 느끼면 안 되는 하녀와 월터와 맞지 않다고 느끼는 자신. 키티의 커지는 눈과 표정에서 그동안의 결혼 생활에 대한 불만과 답답함이 전해져왔다.

그 이후로 시작된 찰리와의 불륜 관계. 이 관계에서 키티가 찰리에게서 순수하게 애정을 느껴 시작된 것보단 아는 사람도 별로 없고, 나아질 것 없는 결혼 생활에서 도피처로 삼았다는 느낌이 컸다. 물론 그 도피처가 애정으로 무럭무럭 자라는 것은 피할 수 없었으리라고 생각된다. 결국 불륜을 들킨 키티는 월터가 내놓은 궁지에 몰리게 된다. 찰리와 결혼을 해야 이혼해주거나 아님 콜레라가 들끓는 곳에 같이 가는 것. 이 부분에서 실은 서로의 사랑을 키워나갈 수 있게 한 역경이 자연적으로 이겨낼 수 없는 콜레라라는 점에서 너무 극단적인 내용과 선택이 아니었나 싶었다. 그러나 키티에 대한 사랑이 불륜으로 한순간에 증오로 변한 월터의 입장에서 생각해보았다. 키티를 사랑하고 키티를 위해 맞춰주려 한 자신의 노력들이 증오스럽고 죽고 싶었을 것이고, 그런 노력을 배반하듯 불륜을 저지른 키티 또한 죽이고 싶었을 것이다.

결혼과 마찬가지로 오기와 반강제로 간 콜레라 지역에서 키티는 죽음을 본다. 끝없는 시체들, 자칫 잘못했다간 전염되어버리는 위험 지역. 무언가 손대려 할 때마다 나오는 물건의 주인이 콜레라로 죽었다는 말은 내 가슴까지 조마조마하게 했다. 그런 죽음의 앞에서 거리낄 게 없는 둘은 서로에 대한 솔직한 발언과 행동들을 보인다. 키티와 월

(계속)

(앞에서 계속)

터가 서로에게 사랑에 빠져든다는 스토리를 영화 시간상 설득력 있게 보여주지는 못했으나 반은 상상으로 채웠다. 진심으로 중국 사람들을 콜레라를 낫게 해주려는 월터의 노력들. 그 노력하는 모습들에 월터의 좋은 점들을 직시하게 되는 키티. 그것이 사랑에 빠지는 계기가 되었을 것이다. 카드 치던 남자를 좋아하던 키티와 전시회를 보러 다니는 걸 좋아하는 월터. 그런 모습들을 서로에게 강요하기도 했고, 그런 모습이 없음에 실망했다. 이제는 그렇게 될 수밖에 없었던 그들을 서로 이해하고, 좋은 모습들에 대한 직시로 사랑을 키워나갔다.

행복도 잠시 영화 중간중간 보여주던 죽음에 대한 복선은 월터의 발병으로 제 역할을 다한다. 월터가 죽어가면서 하는 '미안해'라는 말과 그 뒤를 잇는 키티의 내가 더 미안하다는 말. 그 장면에서 서로에 대한 애정이 드러났다. 그전이라면 서로의 안 맞는 점들을 헐뜯었을 그들의 마지막 진심 어린 사과는 가슴에 와 닿았다. 월터의 미안하다는 말은 키티를 사랑해 결혼을 하게 만든 것에 대한 미안함과 키티를 사지로 몰아 전염병이 도는 중국에 데려온 미안함, 그리고 키티를 두고 먼저 죽는 미안함이 복합적 느껴졌다. 마지막 천막을 나오는 키티를 연기한 나오미 왓츠의 표정과 배경음악은 아직까지도 선명하게 떠오른다.

오프닝에 등장한 세균들의 모습과 중국의 풍경은 콜레라와 중국이 영화 속에 중요한 소재임을 암시하지만, 월터가 죽고 난 후 중국에서의 콜레라는 진정이 되었는지 알 길이 없어 아쉬움이 많이 남았다. 내가 결혼 생활은커녕 연애도 해본 적이 없어 짧디짧은 19년간의 경험으로 키티와 월터의 생각을 지레짐작했지만, 부부관계뿐만 아니라 모든 인간관계에 있어 차이를 인정하는 것은 좋은 관계에 있어 징검다리가 될 수 있는 역할을 한다고 생각한다. 처음이 어렵지 나중은 쉽다고 그런 징검다리가 생기면 애정이 켜켜이 쌓이는 것도 순식간일 것이다. '나와 다르다'와 '나와 틀리다'. 키티와 월터, 중국, 음울한 OST, 잔잔하니 많은 생각이 들게 하는 영화였다. 나중에 남편과 함께 볼 수 있기를.

3. 연극 리뷰

아리스토텔레스의 『시학』에 의하면 자연의 행동을 모방하는 것에서 희곡이 생겨났다고 한다. 그리고 "극시는 이야기하는 형식에 의해서가 아니라 행동하는 인간에 의해서 보는 사람을 감동시키는 것"이라고 정의하고 있다. 문학으로서의 희곡 작품은 무대에서 공연됨으로써 연극으로 새롭게 탄생되는 것이다.

연극의 기본적인 3대 요소는 희곡, 배우, 관객이다. 희곡은 무대 상연을 전제로 하기 때문에 극적 상상력이 요구되고 이런 까닭에 여러 가지 제약이 따른다. 영국의 연극 이론가인 아처(W. Archur)는 희곡을 이렇게 정리했다.

1) **무대 상연을 전제로 한다.**
2) **인간의 행동을 표출한다.**
3) **가장 객관적인 형식이다.**
4) **대화가 유일한 표현 방식이다.**

희곡은 무대 상연을 전제로 하며, 인간의 행동과 대화를 통해 관객에게 직접 작가의 의도를 전달하려는 문학이라고 정의할 수 있다. 무대에서 상연되는 연극적 특성과 문자로 쓰였다는 문학적 특성을 지닌다.

연극은 무대장치, 조명, 음향, 분장, 의상, 연기, 동작선 등 다양한 부분을 보고 의미를 읽어내야 하기 때문에 연극을 보고 감상문을 쓰기가 쉽지는 않다. 그리고 소설이나 시처럼 다시 장면을 다시 볼 수 있는 것이 아닌 순간 예술이어서 지나간 장면을 되살려볼 수가 없고, 감상한 사람의 기억력에 의존할 수밖에 없다. 그렇기 때문에 감상문을 쓸 때에는 관람한 연극에 대하여 사색하는 태도가 필요하다. 연극 감상을 할 때 몇 가지 고려할 사항을 생각해보고 연극 리뷰 쓰는 방법을 생각해보자.

연극을 감상할 때 고려할 사항

- » 연극을 만든 사람과 극단, 단체, 제작자, 연출 등에 대한 지식을 갖는다.
- » 출연 배우는 누구이며, 그 배우의 역할은 무엇인가?
- » 줄거리를 파악하며 연극을 실제로 관람한다.
- » 주제는 무엇인가를 생각하고 전체적인 내용 가운데 인상 깊은 것을 메모하며 관람한다.
- » 연극을 관람한 후의 느낌을 구체적으로 써본다.
- » 연극 감상은 본인에게 어떤 의미를 주며 체험과 어떤 연관이 있는가를 생각한다.

연극 리뷰를 쓰는 방법

- » 평론과 같은 방식으로 쓴다.
- » 독창적인 시각을 가지고 보고 느낀 대로 쓴다.
- » 연극에 관한 자료를 참고하되 인용하는 것은 지양한다.
- » 연극을 공연하거나 연출한 관계자들과 인터뷰를 하여 객관성을 확보한다.
- » 본인이 알고 있는 문화에 대한 지식을 동원하여 글을 구성한다.
- » 수집한 객관적인 자료들을 참고하여 자신만의 독특한 시각으로 서술한다.
- » 연극을 관람하기까지의 과정과 공연장의 풍경 등 주변적인 것도 곁들인다.
- » 3단 구성이나 4단 구성을 선택하여 쓰는 게 무난하다.

활동 및 과제

1) 모둠으로 모여 최근 방영되고 있는 TV드라마에 대해 이야기를 나눈 후 관심 있는 것을 선정하여 조별로 TV드라마 리뷰를 써보자.

2) 연극 한 편을 관람하고 감상문을 써보자.

3) 영화 〈페인티드 베일〉, 〈흐르는 강물처럼〉, 〈대지〉, 〈국제시장〉, 〈수상한 그녀〉나 최근 관심을 집중시키는 영화 가운데 한 편을 전체 관람하고, 토의한 후 리뷰를 써서 발표하자.

스토리텔링과 시놉시스 작법 1
: 드라마

■■■■■■

글쓰기는 누구에게도 할 수 없는 말을

아무에게도 하지 않으면서 동시에 모두에게 하는 행위다.

리베카 솔닛

1. 드라마의 특성

    드라마를 담는 방송이란 매체는 공공 매체이므로 공익성과 공공성을 기본으로 한다. 드라마는 매우 이질적인 불특정 다수를 대상으로 하면서 시청률이 프로그램 평가의 척도라서, 쉽게 이해할 수 있고 사회의 통념적 가치를 따르는 것이 중요하다. 드라마는 소수의 마니아보다는 대중이 좋아하는 대중 예술임을 이해해야 한다. 모든 대중문화가 그러하듯 드라마도 사람 사는 이야기를 다룬다. 때문에 재미와 감동을 주어야 하고 진정성을 지녀야 한다. 드라마 작가는 인간에 대한 따뜻한 시선과 함께 세상을 바라보는 날카로운 분석력과 식견을 가져야 한다. 트랜드를 잘 읽고 삶과 사람을 꿰뚫어보는 안목을 가져야 한다. 작가 나름의 세계관이나 가치관, 작가 의식 등이 필요하다.

    드라마의 특성을 살펴보면 다음과 같다.

  1) 장면이 중심으로 내용 변화에 따른 장면 전환이 많다.
  2) 간결한 대화가 중심이 된다.

3) 장소, 시간, 인물 설정에 제한이 없다.

4) 장면의 비약과 전환이 비교적 자유스럽다.

5) 단막극, 연속극 등 다양한 유형이 있다.

6) 연출가, 작가, 배우 등 여러 사람이 함께 만든다.

7) 카메라, 조명, 음향 등 여러 가지 도구와 방법이 사용된다.

8) 인물의 대사, 연기, 음악 등을 통해 사건의 전개와 분위기를 알 수 있다.

9) 대중성을 지향한다. 대중적 재미와 감동, 편안한 예술성을 창조해야 한다.

10) 시의성과 속보성을 지녀야 한다. 오늘의 현실을 시기적절하게 그려야 한다. 복고풍 드라마도 오늘의 현실을 말하여야 한다.

11) 사회적 영향력이 크고 불특정 다수를 대상으로 하기 때문에 사회적 통념이나 가치관에서 벗어나는 것은 안 된다.

2. 드라마 원고 작성법

드라마 원고는 충분한 줄거리를 지녀야 하며 시청자들로부터 공감을 얻을 수 있어야 한다. 또한 대중매체라는 특성상 시청자의 범위가 너무 한정적이어서는 안 되며 세대를 아우를 수 있는 보편성을 지녀야 한다. 드라마 역시 갈등의 장르이기 때문에 클라이맥스에 해당하는 부분이 긴장감 있게 진행되어야 하며 기대감을 동반해야 한다. 드라마를 잘 쓰기 위해서는 사람과 삶을 바라보는 새롭고 창의적인 시각이 필요하며 많은 메모와 취재가 중요하다. 무엇보다 발로 뛰는 취재가 중요하다. 드라마의 소재를 찾기 위해서는 많이 읽고 많이 생각하고 많이 써봐야 한다. 드라마 작가는 이야기꾼으로서의 재능, 탁월한 감성, 감칠맛 나는 대사 구사력 등을 지녀야 한다.

원고 작성 순서는 소재 선택, 창조적 아이디어 발굴, 작가의 의도 및 주제 의식 구체화, 스토리 짜기, 플롯 구성 등으로 이루어진다. 이때 소재 선택과 작가의 의도 및 주제의식은 순서가 바뀌어도 상관없고 작가 개인의 특성에 따라 진행하면 된다.

1) 영화나 연극과는 다르게 드라마는 일상성을 지녀야 한다. 따라서 스토리의 보편성이 중요하다. 누구나 공감할 수 있는 이야기여야 한다.

2) 등장인물의 이력서를 만들어라. 인물은 현실적이며 생동감 있고 매력적인 인물이어야 한다.

3) 탄탄한 구성과 흥미진진한 이야기 진행이 필수적이다. 갈등을 극대화시켜 극적으로 그려라.

4) 클라이맥스는 클라이맥스답게 치열하게 그려라.

5) 복선을 적절하게 배치해야 한다.

6) 작품의 첫인상을 결정짓는 시놉시스를 잘 써라.

7) 수없이 고쳐쓰기를 반복하라.

8) 풍부하고 충분한 줄거리를 만들어야 한다.

9) 주요 인물과 부수적 인물을 분명하게 나누어야 한다.

10) 대사는 자연스럽고 인상적이며 등장인물의 환경, 성격, 상황에 맞는 대사인지를 고려해야 한다.

11) 드라마가 영상 예술임을 잊지 말고 영상 이미지를 상상하고 사고하면서 써야 한다.

12) 신의 전환이 적절하며 각 시퀀스마다 기승전결이 자연스러워

야 한다.

13) 스토리와 사건에 따라 인물의 변화가 이루어져야 한다.

14) 문장은 일상적인 어투와 말투를 사용하되 문학적인 표현이나 개성적인 문체를 다룰 줄 알아야 한다.

15) 수용자의 호기심과 상상력을 자극해야 하며, 또한 수용자의 상상이나 추리를 뛰어넘어야 한다.

16) 스토리는 인생을 충실하게 재현하고 있는가 고려해야 한다.

17) 처음 도입부 3~5분에 승부를 걸어야 한다. 첫 장면에서 호기심을 자극해야 한다.

3. 시놉시스 작성법

시놉시스란 작품의 기본 설계도이며 작품의 개요를 보여주는 것이다. 시놉시스를 통해 기획자나 연출자에게 신뢰감을 주어야 하며 집필을 결정하게 하는 계기가 된다. 시놉시스 작성 훈련은 드라마 창작의 첫걸음이며 드라마 창작 시 인물을 창조하고 구성과 내용 전개를 짜고 주제 전달을 하는 측면에서 도움이 된다. 시놉시스를 쓸 때 방송에 적합한 소재인가, 극적인 스토리텔링인가, 등장인물의 성격은 생동감과 현실성이 있는가, 드라마의 상황, 갈등이나 사건, 에피소드는 재미있는가 등을 충분히 고려해야 한다.

시놉시스를 잘 쓰기 위해서는 연습과 훈련이 필요하다. 특히 초보자일 경우 시놉시스 작성에 어려움을 겪는데 이 부분을 보완하기 위해서는 기존의 우수한 작품을 분석한 후 형식에 맞추어 시놉시스를 재구성해보는 것이 효과적이다.

시놉시스에 들어갈 내용 구성은 다음과 같다.

1) **작품이 전달하고자 하는 메시지(작품의 주제)**

2) **기획 및 집필 의도** 기획 의도는 방송국 입장에서 어떤 효과를 기대할 수 있는지 예측하게 해주는 부분이다. 이 부분에서 방송국 측 입장과 기대를 충족시켜야 한다.

   집필 의도는 작가의 의도에 해당하는데 작품의 의의와 내용을 논리정연하게 써야 한다. 작가의 작품관, 세계관, 지적 능력, 교양 등을 보고서의 형식에 맞추어 써야 한다.

3) 등장인물은 주역, 조역, 단역 순으로 정리하며 인물에 대한 기본 정보뿐 아니라 작품의 내용과 관련된 인물의 성격도 간략하게 적어야 한다. 또한 주인공을 중심으로 인물 간의 상호 관계와 인물의 갈등, 욕망 등을 명료하게 다루어야 한다.

4) 줄거리는 기승전결의 전 구성을 다루어야 한다. 주제를 명확하게 드러내야 하며 갈등과 극적 클라이맥스 부분도 꼼꼼하게 적어야 한다. 스토리의 부분이 아니라 이야기 전체를 담아야 하고 이야기의 감동과 재미에 초점을 맞추어야 한다. 스토리 전체를 작성해야 한다는 점에서 초보자들이 어려워하는데 꾸준한 노력과 준비를 통해 극복해야 한다.

5) 비극, 희극, 멜로, 추리극 등 드라마의 형식을 밝혀야 한다.

예시 1   김우정(학생), 〈김이수전—특명, 왕을 만나라〉 시놉시스

* **제목** : 김이수전—특명, 왕을 만나라
* **장르** : 사극 드라마
* **주제** : 정조 치하 조선 시대. 점점 목을 죄여오는 과도한 세금과 이를 해결하기 위한 흑산도 주민들의 몸부림. 사태를 진전시키려는 모든 노력이 좌절되고 마지막 남은 희망은 바로 왕을 직접 알현하는 방법뿐이었다.
* **기획 의도** : 국가나 조직이 운영되는 데 있어 각자의 역할이 다른 것은, 제각기 다른 일을 함으로 그 이익이 당사자뿐만 아니라 타인과 조직 전체에 돌아가게 위함이고, 보다 조직을 체계적으로 관리하기 위함이다. 이 기본적인 역할들이 수행해야 할 의무를 이행하지 않고 오직 그 권리만 탐하는 권력층과, 이로 인한 고충을 겪는 백성들, 그리고 훌륭한 지도자가 가져야 할 '소통'의 실현을 실제 있었던 이야기를 토대로 〈김이수전〉으로 재구성 해보았다.
* **배경** : 정조 치하의 조선 시대. 178X년~ 1790년까지
* **가장 중요한 사건** : 김이수가 정조를 만난 날 : 1791년 1월 18일
* **참고문헌** : 『조선왕조실록(정조실록)』『김이수전』『비변사등록』『일성록』『승정원일기』

* **줄거리**

　　1780년 정조 치하 조선 시대. 서해 바다 끝자락에 위치해 있어 내륙으로 들어오려면 뱃길로 며칠이 걸리는 외딴섬 흑산도(黑山島). 이곳엔 손바닥만 하게나마 밭농사를 짓고, 돛단배를 띄워 고기를 잡으며 가난한 그날그날의 끼니를 이어가며 사는 평범한 백성들이 살고 있다. 하지만 속세로부터 떨어져 있어 얼핏 평화로워 보이는 이곳에도 세상 살이의 어려움은 있었으니, 바로 국가의 과도한 조세와 부역이었다. 특히 밤중에 횃불에 불을 밝혀 낚시로 잡아 올린 고등어세(1772년), 흑산도가 닥나무 산지라는 명목으로 부과된 종이세

(계속)

(앞에서 계속)

(1791년) 는 섬 주민들이 실제로 수확하는 양보다 많거나, 수확할 수 있는 분량을 초과해 전량을 부담하기가 불가능에 가까웠다. 심지어 종이를 만들 수 있는 닥나무가 흑산도 내에 절종돼도 국가는 종이세를 꾸준히 부과했고, 섬 사람들은 닥나무를 구하러 뭍으로까지 올라와야 했다. 생계 활동과 부역 사이에 치여 사람들은 피폐해져갔고, 부역을 부담하지 못해 뭍으로 도망가는 주민들이 속출했다.

　마을 사람들은 이에 참지 못하고 흑산도진에 정소를 한다. 그러나 더 상급 기관에 요청하여야 한다는 답변만을 듣고, 더 상급 관부인 우수영, 나주목에도 민원을 제기하나 '나라의 오래된 세금제도를 함부로 고칠 수는 없다'며 거절당한다. 마침내 전라감영에 민원을 제기하고 전라감사가 중앙관부에 시정을 요구하는 듯하지만 공무원들끼리 서로 눈감아주기 형식으로 얼렁뚱땅 넘어가버려 사태는 해결되지 않는다. 흑산도 주민들은 실질적인 조세 행정 업무를 맡고 있는 흑산도진의 우두머리인 진장에게 문제 해결을 다시 요구하지만 거절당하고, 흑산도민의 좌절은 진장에 대한 집단적인 분노로 바뀐다.

　마을 사람들은 진장과 진장의 부인, 여식을 납치하여 마을에서 떨어진 암벽으로 끌고 간다. 마을 사람들이 진장의 가족들을 해치려는 찰나, 진장의 여식 도혜에게 남몰래 연정을 품고 있던 마을 청년 김이수가 마을 사람들을 막아선다. 일단 막아선 것까지는 좋았는데, 사태를 해결하지는 못하는 김이수. 엉겁결에 자신에게 방책이 있다고, 지금 이들을 해친다면 방책을 말해주지 않겠노라고 짐짓 공갈을 치고 만다. 처음엔 그저 시간을 벌고자 했던 말이였지만, 마을 사람들이 진장과 식솔을 놔주지 않고 계속 감시하는 상황. 김이수는 어쩔 줄을 모르다가, 한양에서 유배온 중(구례 화엄사의 중 윤장)이 그 식견이 높다는 이야기를 듣고 조언을 구하러 간다. 윤장에게 왕에게 직접 민원을 호소하는 '격쟁제도'에 대해 들은 김이수. 이제 남은 방법은 이것밖에 없다는 마음으로 마을 사람들에게 자신이 한양에 가

(계속)

서 왕에게 직접 탄원하고 돌아오겠다며 그간 진장과 식솔들을 해치
지 말아달라 부탁한다.

그는 무사히 돌아오면 자신과 혼약하겠다는 도혜의 약속과 그 증
표인 옥비녀를 가지고 한양으로 먼 여정을 오르게 된다. 1790년 가
을에 출발하여 이런저런 일들을 겪으며 겨우 한양에 오른 김이수.
일단 한양 땅은 밟았으나 어떻게 왕을 만나야 할지는 갑갑하기만 하
다. 근처 주막에서 잡일꾼과 허드렛일을 하며 일하기만을 몇 달. 씨
억씨억한 주모와도 이럭저럭 친해지고, 간간히 오는 절뚝발이 거지
아이에게 자신의 점심을 나누어주기도 하며 한양 생활에 적응해나간
다. 그리고 드디어 정조가 아버지인 사도세자의 무덤인 현륭원을 참
배하러 갈 것이라는 소식을 듣게 된다. 그러나 정조의 참배 소식에
들뜬 것은 비단 그만이 아니었다. 한양의 주막은 사람이 많은 만큼
사연들도 많았고, 꽤 많은 사람들이 정조의 행차 때 자신의 억울함
을 호소하려는 계획을 가지고 있었다. 하지만 왕이 어느 길로 행차
할지는 아무도 알 수 없고, 심지어 행차하는 길을 안다 하더라도 빽
빽한 인파 때문에 왕에게 가까이 다가가기도 힘들고 빨리 움직이기
도 힘들다. 김이수는 그저 답답하기만 하다. 그러나 상속권 다툼으로
포항에서 올라온 황씨가 왕의 행차 예상길을 알고 있다는 것을 우
연히 엿듣게 되고, 황씨에게 모든 사정을 털어놓고 자신을 도와달라
부탁한다. 황씨는 그 대가로 도혜의 옥비녀를 가져가고, 그에게 왕
의 행차 예상 진로를 알려준다. 그러나 왕의 예상 진로는 하나가 아
니고 둘이었다. 결국 그들은 진로에 따라 각각 미리 서 있다가, 왕의
행렬을 만난 쪽이 서로의 사연도 같이 호소하기로 합의한다. 드디어
거사 당일, 왕의 행렬은 황씨가 서 있는 길로 흐른다. 그러나 황씨는
자신의 소유권 분쟁이 해결되었다는 이야기를 듣고 이미 고향으로
내려간 뒤였다.

왕의 행렬이 황씨 쪽으로 갔다는 소식을 듣고 주막으로 돌아온

(계속)

(앞에서 계속)

김이수는 주모에게 이 소식을 전해듣고 충격에 빠진다. 그리고 왕의 행렬이 돌아오는 길목을 향해 미친 듯이 달린다. 마침내 만난 왕의 행렬, 그러나 인파로 인해 왕은 너무나도 멀리 떨어져 있었다. 급히 오느라 꽹과리도 준비해오지 못한 김이수는 왕이 목전인데 사연을 얘기하지 못하는 자신의 신세가 너무나도 처량하여 그대로 땅에 주 저앉아 울고 만다. 그런데 그를 흔드는 작은 손이 있었으니, 그가 가 끔 점심을 나눠주었던 거지 아이였다. 그 아이의 손엔 그 아이가 항 상 끼고 다니던 거무죽죽한 놋그릇과 숟가락이 있었다. 김이수는 그 놋그릇과 숟가락을 마구 쳐서 정조의 관심을 끄는 데 성공한다. 그 리고 정조에게 자신의 고향 흑산도에서 일어나고 있는 일들을 고해 바친다.

정조는 암행어사를 파견해 흑산의 문제를 바로 시정해주었다. 더 이상 닥나무가 나지 않는 흑산도에서 종이세를 철폐한 것이다. 마을 에 돌아온 김이수는 마을 사람들에게 감사의 표시로 중죽도의 해산 물 수확권을 받고 도혜와 혼인하여 행복하게 잘 살았다.

활동 및 과제

1) 자신이 재미있게 본 작품 하나를 골라 시놉시스를 형식에 맞추어
   작성해보자.

2) 조별로 드라마를 기획하고 시놉시스를 작성해보자.

■■■■■■

약간의 모호함은

가끔 수없이 많은 설명을 대신한다.

사키

1. 영화 시놉시스

영화를 만들기 위해 쓰는 대본이 시나리오이다. 시나리오는 영화 상영을 전제로 하며, 시간과 공간의 제약을 받지 않는다. 연극이 시간 과 공간의 제약을 받는다면, 영화는 장면의 전환이 자유롭다. 시나리 오는 연기자, 제작자, 감독 등 서로 다른 관점을 지닌 다양한 사람들 이 연출해내는 종합예술이다. 따라서 시나리오에는 영화의 주제가 드 러나고, 스토리가 있어야 하며, 등장인물의 성격 등의 요소가 갖추어 져야 한다. 그러므로 영화에는 스토리를 영화라는 방식을 통해 이야 기하는 스토리텔링 기법이 유용하게 작용된다고 할 수 있다.

영화를 만들기 위한 제대로 된 시나리오를 창작하는 일은 단시일 내에 할 수 없다. 오랜 시간 동안의 습작과 연구 및 자료 취재를 통해 서 할 수 있는 일일 것이다. 소설이나 드라마, 연극처럼 인물을 창조 해내고 그 인물을 통해 사건을 전개해나가는 방식은 유사하다. 그리 고 사건을 진행함에 있어서 플롯을 구성하고 인물을 통해 전개해나가 는 사건을 통해 주제를 드러내고, 주제가 음악 그리고 조명과 음향 등과 긴밀한 조화와 연결 속에서 형상화된다는 점에서는 영화를 만드는 제작자와 각 분야의 감독 그리고 연기자들의 호흡 또한 중요하리라 생각된다. 그렇듯 총체적인 성격의 영화를 직접 만드는 것까지는 여러모로 어렵기 때문에, 여기서 우리는 영화를 만들기 위한 시나리오의 시놉시스를 작성해보는 정도로 수업을 진행하기로 한다.

영화 시놉시스란 영화 촬영을 위해 감독이나 배우, 진행을 맡은 스탭 등에게 영화의 내용을 간단하게 전하기 위해 만들어지는 형식의 글이다. 시놉시스의 분량은 보통 30~40분 정도의 단편영화의 경우 600자 정도, 100~120분 정도의 장편영화는 5,000자 이상이 될 수도 있다. 시놉시스는 일종의 계획안이라고 할 수 있는데, 보통 기획 의도, 집필 의도, 주제, 등장인물 소개, 줄거리 등을 소개한다.

2. 시나리오 창작 이론과 실제

1) 착상 메모

영화 제작이 될 만한 좋은 아이디어가 떠오르면 메모를 해야 한다. 모든 창작물에 적용되는 것 중에 하나가 착상을 메모하는 것이다. 물론 떠오른 아이디어가 시나리오로 완성되기까지는 숱한 시간과 구상이 필요하다. 하지만 순간적으로 떠오르는 영감이나 아이디어를 메모하는 것에서 출발한다는 것을 염두에 두자.

2) 주제 선정

착상을 통해 아우트라인을 정하게 되면 주제를 도출하여 한 문장
으로 정리하여본다. 주제는 작가의 중심 의도이며 작품에서 말하고자
하는 메시지이다.

3) 제재와 소재

제재는 소재에서 중심이 되는 것이며, 소재는 작품으로 형상화하
는 데에 필요한 모든 재료이다. 제재와 소재를 선택할 때에는 현실적
이면서 상징적인 것인지 생각하여 정한다. 환상적인 소재라 해도 현
실의 문제를 상징화한 것이라면 무방하다.

4) 수용적 입장

관객을 도외시한 시나리오여서는 곤란하다. 창작은 작가의 세계관
내지 인생관을 담고 있는 자기표현의 한 방법이나 관객과 그들을 둘
러싸고 있는 사회와의 관계를 염두에 두고 창작해야 한다.

5) 인물 창조

시나리오의 인물 창조는 소설이나 희곡의 인물 창조만큼 중요하다.
인물은 사건을 이끌어가면서 그 행동이나 대사에 주제가 암시적으로
드러나기 때문이다. 인물의 유형을 크게 나눈다면 보편적 인물, 개성
적 인물, 보편적이면서 개성을 가진 인물로 나눌 수 있는데, 사건을
이끌어가면서 주제를 드러내기에 적절한 인물 유형을 창조해야 한다.

6) 구성

플롯이라고도 하는데 이야기 속에서 사건을 배열하고 그 사건을 전개시키는 계획을 말한다. 이러한 구성 방법은 다양하기 때문에 어떤 것이 이야기나 주제를 효과적으로 드러낼 수 있는지 고려하여 선택하는 게 바람직하다.

플롯은 3단계(처음, 중간, 끝), 4단계(기, 승, 전, 결), 5단계(발단, 전개, 위기, 절정, 결말)로 나누는 것과 시간의 순서에 따른 순차적 구성, 회상의 방법에 따른 결과 원인 구성, 에피소드 간의 짜임을 중심으로한 에피소드 구성이 있다.

7) 이 외의 것들

이야기가 전개되는 장소나 시간 또는 전체적인 작품의 분위기 음악 및 음향, 의상 등을 고려하여 시나리오를 완성한다.

예시 1   진솔(학생), 영화 시놉시스

* **주제** : 주위에서 행복을 찾자.
* **기획 의도** : 현대인들의 행복 찾기
* **집필 의도** : 요즘의 바쁘고 삭막한 현실 속에서도 행복을 찾아가는
것이 필요하다고 생각했다.
* **등장인물 소개**
솔희 : 매일의 일상에 치여 즐거움을 느끼지 못하고 불평하며 살아
간다.
준수 : 일상 속의 작은 행복들을 발견하며, 즐겁게 살아간다.
* **줄거리**

솔희는 직장을 다니며 하루하루 불평하며 살아간다. 그러던 중
그녀는 회사 앞 꽃집에서 일하는 준수라는 청년을 만나게 되고, 계
속해서 마주치는 그를 좋아하게 된다. 매일 아침마다 환한 미소와
함께 꽃을 다듬는 그를 보며 한편으로는 뭐가 그리 좋을까 하고 궁
금해하기도 한다. 몇 번을 마주치고 나자 어느새 준수라는 청년은
그녀에게 눈인사를 건네게 되고, 그녀의 회사 점심시간에 가끔씩 대
화를 나누기도 한다. 준수는 솔희에게 일상 속 작은 기쁨들을 발견
하는 방법을 가르쳐주고, 생각보다 멀리 있지 않은 행복에 솔희는
신기해한다. 아침의 밝은 햇살이, 저녁의 아름다운 석양이, 밤의 빛
나는 별과 달이, 길 가에 꿋꿋이 피어나는 이름 모를 풀들이 바로 살
아 있는 '행복'이라는 것을 알고, 더 나아가 행복이라는 것은 자신의
마음속에 존재한다는 것을 깨닫게 된다. 어느새부터 솔희는 매일같
이 보던 고층 빌딩들을 삭막한 도시를 상징하는 것으로 생각하지 않
고, 열심히 살아가는 사람들의 열정과 노력으로 생각할 수 있게 된
다. 준수를 만나고 하루하루 밝아진 그녀가 어느새 달라진 자기 자
신을 자각하고 준수에게 고마움을 느낀다. 우울하고 불만 가득했던
솔희의 달라진 모습에 매력을 느낀 준수가 솔희에게 프러포즈를 하
게 되고, 둘은 사귀게 된다.

김민혜(학생), 영화 시놉시스

* **주제** : 기억 속에서 묻혀버린 우리의 지난 세월과 이 땅의 모든 어머
니들이 흘린 땀을 기억하자.

* **집필 의도** : 엄마의 인생으로 대표되는 우리 민족의 지난 세월을 되
돌아보고, 이를 통해 가족 간의 사랑을 다진다.

* **등장인물 소개**

김새미(18) 철없는 새침데기 여고생. 우연히 경험하게 된 시간 여행
을 통해 엄마를 이해하며 철이 든다.

정미숙(48) 새미의 엄마. 보수적이고 고지식하다. 어린 시절 상처가
있다.

김현태(48) 새미의 아빠. 새미의 어리광을 다 받아준다. 딸에게 절대
적인 애정을 베푸는 아빠.

김정우(22) 새미의 오빠. 군대에 가 있다. 새미를 잘 이해해준다. 새
미보다 먼저 시간 여행을 경험함.

* **줄거리**

교복을 줄여서 엄마한테 또 혼난 새미. 군대에서 전화 걸려온 오
빠에게 투정을 부린다. 엄마한테 혼나고 오빠한테 징징대는 게 벌써
몇 번째인지. 그러자 오빠가 알려주는 놀라운 비밀.

"서재 두 번째 책장 맨 아래 칸에 작은 상자가 있어. 그 상자 속 알
약을 먹어봐!"

상자를 여니 크기순으로 가지런히 놓여 있는 열 개의 알약. 새
미는 중간 크기를 집어 들어 삼킨다. 그리고 문을 열고 나오니 1986
년 여름이다. 새미는 스무 살의 엄마와 친해져서 함께 즐거운 시간
을 보내고 현재로 돌아온다. 그 후 새미는 알약을 통해 과거의 엄마
와 만나며 자신이 몰랐던 엄마를 알게 된다. 전후 가난했던 어린 시
절, 대가족 틈에 껴 자라며 사랑을 받지 못한 10대, 외삼촌이 안기부
에 끌려가 고통스러웠던 20대 등등. 엄마의 과거로 먼저 갔다 온 오
빠와도 계속 전화를 통해 느낀 점을 공유하며 생각을 키워나간다.

(계속)

(앞에서 계속)

시간 여행을 통해 새미는 점점 철이 들고 주위에서도 칭찬하기 시작한다. 마지막으로 엄마의 임신까지 보고 온 새미는 완전히 엄마를 이해하게 되고 어른스러워진다. 점점 철드는 모습을 보이는 새미를 보며 엄마와 아빠가 흐뭇해하신다. 그리고 엄마의 생일에 맞춰 휴가 나온 오빠와 함께 시간 여행에서 봤던 젊은 시절 엄마 취향의 선물을 고른다. 엄마의 생일날, 가족 다 같이 모여 즐거운 저녁식사를 하고, 엄마가 선물을 풀어본다. 엄마가 깜짝 놀라면, 새미와 정우는 남몰래 눈짓을 주고받는다. 다 같이 웃음소리. 행복한 마무리.

활동 및 과제

1) 조별로 이야기 하나를 만들고 이야기를 중심으로 영화 시놉시스를 완성하여 발표해보자.

2) 지금까지의 삶에서 잊을 수 없는 자전적 이야기를 중심으로 영화 시놉시스를 작성해보자.

제 13강

희곡 스토리텔링과 시놉시스 작법

글도 그렇고 인생도 그렇다.

모든 것은 수십, 수백 번 고쳐 쓰는 것이다.

어니스트 헤밍웨이

1. 희곡의 특성

'희곡'이라는 용어 자체는 연극과 희곡을 동시에 의미하는 '드라마'의 번역어이다. 희곡의 가장 큰 특징은 무대 상연을 전제로 한다는 점이다. 물론 단순히 읽기 위한 희곡인 레제드라마(Lesedrama)도 있지만 희곡은 기본적으로 무대 상연을 전제로 하기 때문에 문학적 특성과 연극적 요소를 동시에 갖추고 있다. 희곡은 시와 소설처럼 문학의 한 장르이면서 독립된 성격을 지닌다. 희곡이 소설과 시나리오와 가장 구분되는 특징은 시간적 공간적 제한을 많이 받는다는 점이다. 이러한 특징은 희곡의 또 다른 특징을 만든다. 우선 희곡은 시간적 공간적 제한을 받기 때문에 인물의 수도 제한되고 사건도 좀더 극적이고 압축적이고 강렬해야 하며 경제적이어야 한다. 제한된 시간 속에서 압축되고 긴장된 진행으로 갈등과 대립을 드러내야 한다. 또한 인물의 성격 창조도 압축·고조·집약되어야 한다. 희곡은 서술자의 직접적인 심리 묘사나 서술 없이 오로지 인물의 대사나 행동을 통해서만 사건이 전개되고 진행된다. 희곡은 현재화된 인생을 표현하고 음악이나 무대 장치 등 무대적 효과가 중요하다. 희곡은 종합예술이며 흥행성을 지니고, 공연하는 순간 소멸되는 특징도 있다.

2. 희곡의 구성 요소

1) 플롯

희곡의 구성은 발단, 전개, 절정, 하강, 대단원으로 이루어진다. 발단은 극의 도입이며 극에서 플롯의 실마리가 나타나는 부분이다. 등장인물 소개 및 사건의 실마리가 제시된다. 전개는 사건이 점점 복잡해지면서 주동 인물과 반동 인물 사이의 갈등이 고조된다. 절정에서는 갈등이 최고조에 이른다. 극적 장면이 나타나는 부분으로 주제가 드러난다. 하강은 정점을 지나서 극의 해결을 향해 나아가는 부분이다. 관객의 예상을 깨는 반전이 있어야 극적 효과를 높일 수 있다. 하강이라는 말은 극적 효과가 하강하는 것이 아니라 주동 인물의 운명이 역전되어 하강한다는 의미이다. 대단원은 인물들의 갈등과 투쟁이 해소되어 사건이 종결되는 부분이다. 관객은 절정부터 하강을 거쳐 대단원에 이르는 동안 카타르시스를 체험한다.

2) 등장인물(character)

대화와 행동을 통해서 인물을 설정하는데, 희곡 속의 인물은 의지적, 개성적, 전형적이어야 한다. 극중 인물의 행동과 대화를 통해 사건이 제시되고 플롯이 진행되기 때문에, 인물이 차지하는 의미는 매우 크다. 즉, 인물의 성격이 작품 내의 모든 결과를 초래하는 직접적인 원인이 된다.

3) 언어

희곡의 언어는 크게 지문과 대사로 되어 있다. 희곡의 언어 중 해설은 희곡의 맨 처음에 나오는 일종의 지시문으로 등장인물, 장소, 무대 등을 설명해주는 부분이다. 지문은 대화 사이에 짤막하게 넣어 인물의 동작, 표정, 심리 상태 등을 설명하거나 조명, 효과음 등을 지시한다. 희곡에서 중요한 것은 인물의 대사이다.

4) 주제

작품의 주제는 무대 위에서 등장인물들의 대사 및 행동을 통해 관객에게 전달된다. 희곡의 주제는 인생의 단면을 압축적이고 집약적으로 제시한다.

5) 음악과 무대장치

희곡은 무대 상연을 전제로 하기 때문에 음악과 무대장치 등도 중요한 요소이다. 음악은 장면의 분위기를 조성하고 특히 관객의 감정에 호소한다. 또한 무대장치는 시각적 요소로서 작품의 전체적인 분위기에 중요한 영향을 미친다.

3. 희곡 원고 작성법

1) 희곡은 시간의 제약을 받기 때문에 대사는 집중화되고 압축적이어야 하며 강렬하고 경제적이어야 한다. 또한 극적 긴장감을 고조시켜야 한다.

2) 다른 문학 장르와 마찬가지로 문어로 쓰이지만 궁극적으로 그것은 무대 위에서 말하는 언어 즉 '구어'임을 명심해야 한다.

3) 희곡의 대화는 인물의 성격과 사건을 드러내야 하므로 리얼리티가 있어야 하며 자연스러워야 한다. 또한 집중화되고 함축성을 가져야 한다.

4) 희곡의 언어는 귀에 선명하게 들어와야 하고 듣고 나서 인상에 남을 수 있어야 한다.

5) 희곡의 언어는 관념적인 것이 아니라 대사와 행동, 몸짓을 통해 그 의미와 내용이 전달되어야 한다.

6) 희곡의 언어는 리듬감을 지녀야 한다. 급할 때는 짧게, 완만할 때는 길게 하여 지루하지 않게 관객에게 전달할 수 있어야 한다.

7) 희곡의 등장인물은 그 수가 제한되어 있다. 따라서 등장인물은 전형성과 개성을 동시에 지녀야 하며 집중·압축·집약된 성격을 지녀야 한다. 인물을 통해 극적 표현을 보다 선명하게 부각시켜야 한다.

8) 인물의 대사와 행동을 통해 인물의 심리적 갈등이나 의지적 투쟁이 간접적으로 나타나야 한다.

9) 희곡은 현재성을 지니기 때문에 인물들 간의 대화를 통해서만 과거를 제시할 수 있다. 작가의 직접 서술이나 개입이 불가능하

기 때문에 이에 대한 세심한 주의와 노력이 요구된다.

예시 1 　　오영미, 〈탈마을의 신화〉 일부

* **때** : 현대
* **곳** : 여러 곳의 다양한 장소
* **등장인물** : 현우(연극배우), 정희(현우의 아내), 교수, 연출가, 배우
　　　　　　　　1, 2, 3, 무당, 노인, 신랑, 각시, 여인, 촌로(村老), 동네
　　　　　　　　사람들
* **무대**

　장면의 변화가 다양하기 때문에 양식적인 무대의 활용이 필요하다. 기본적으로 탈이 걸려 있는 전면의 벽을 중심으로 간단한 멍석이나 의자를 활용하여 각 장면의 특성을 드러내면 된다.

　막이 오르기 전 어둠 속에서 남자의 소리 들린다. 웃다가 울다가 때로는 배우들 발성할 때 내는 소리도 질러본다.

　하하하… 흑흑흑… 아 에 이 오 우…

　조명 들어오면,

1. 현우의 방

　벽에 탈이 여러 개 걸려 있다. 미얄할미 탈과 영감 탈을 바꿔 써 가며 이런저런 몸짓에 열중해 있는 현우를 볼 수 있다.

현우

　(미얄할미 가면 쓰고) 여보 영감 설혹 내가 잘못하였기로 오랜만에 만나서 이렇게 사람을 함부로 친단 말이요?

　(영감 가면 바꿔 쓰고) 야, 아, 이년 듣기 싫어. 무슨 잔말이야.

　(미얄 가면 바꿔 쓰고) 여보소 영감, 우리가 이렇게 만날 싸움만

(계속)

(앞에서 계속)

한다고 이 동네 사람들이 우리를 내어 쫓겠답네.

(영감 가면 바꿔 쓰고) 흥! 우리를 내어 쫓겠대. 그 역시 좋은 말이로구나. 나가라면 나가지.

(미얄 가면 바꿔 쓰고) 그건 그렇지만, 영감, 나하고 이별한 후에 어디를 당기며 어떻게 지냈읍나?

(영감 가면 바꿔 쓰고) 그 험한 날에 할맘하고 이별 후로 나는 여기저기 다니면서 온갖 고생을 다 하였네.

(미얄 가면 바꿔 쓰고) 그러고 저러고 영감 머리에 쓴 것은 무엇입나?

(영감 가면 바꿔 쓰고) 내 머리에 쓴 것 근본을 알고 싶나?

조명 바뀐다. 가면을 쓴 듯한 여인, 뒷모습만 보이며 종종 걸어온다.

…(후략)…

활동 및 과제

1) 연극 관람 후 감상평을 써보자.

2) 조별로 연극 시놉시스를 작성해보자.

제 14강
블로그 글쓰기

글을 쓸 때에는 모든 것을 내려놓아라.

당신의 내면을 표현하기 위해 단순한 단어들로

단순하게 시작하려고 노력하라.

나탈리 골드버그

1. 블로그 글쓰기란 무엇인가

블로그의 사전적 의미는 네티즌이 자신의 관심사에 따라 자유롭게 게시물을 만들거나 작성하여 올리는 인터넷 웹 사이트이다. 남녀노소를 막론하고 대부분의 사람들이 활발하게 인터넷을 이용하고 있다. 그 가운데 블로그를 만들고 활용하며 다양한 삶의 모습들을 보여주고 또 볼 수 있게 되었다. 대부분의 웹 사이트에서 블로그를 쉽게 개설할 수 있도록 서비스를 제공하기도 한다.

블로그는 신문, 텔레비전과 같은 미디어로 1인 미디어라고 할 수 있다. 인터넷 웹 사이트 다음, 네이버, 티스토리, 이글루스, 구글 등을 이용하여 블로그를 만들고 블로거로 활동할 수 있다. 어느 곳이든 각자의 취향에 맞는 사이트를 이용하면 되는데, 다음의 경우 블로그에 글을 쓰면 'Daum view'로 보낼 수 있다. 다음 블로그 활용에 익숙해지면 다른 사이트의 블로그도 쉽게 할 수 있다.

2. 블로그 만드는 요령

1) **먼저 어느 웹 사이트 상에서 블로그를 운영할지 결정한다** 다음이나 네이버 등에 가입된 회원이라면 개인 블로그가 개설된 상태이기 때문에 '내 블로그 가기'를 통해 블로그에 글을 쓸 수 있다.

2) **블로그 이름을 정한다** 블로그 이름은 운영자가 어떤 일을 하는 사람인지 또는 운영자를 잘 드러낼 수 있는 이름으로 정한다. 여행, 요리, 독서, 운동, 문학 등 블로그의 성향이 나타나는 것으로 한다. 블로그 방문자들은 정보를 얻기 위해 또는 소통하기 위해 블로그를 방문하기 때문이다.

3) **블로그 배경 꾸미기** 관련 사이트에서 제공하는 스킨이나 배경 이미지를 활용하여 꾸밀 수 있고, 운영자가 개성적으로 배경을 만들 수도 있도록 되어 있다. 처음에는 제공되는 이미지를 활용하는 게 편리하나 익숙해지면 자유롭게 자기만의 블로그를 꾸밀 수 있다.

4) **블로그에 글쓰기와 사진 올리기** 다음 블로그의 경우를 보자. 먼저 다음 사이트에 들어가 로그인을 하고 블로그를 만든다. 그런 후 위에 말한 대로 블로그 이름을 정하고 배경을 꾸민다. 카테고리를 어떠한 것으로 할지 세분화하여 만들 수도 있다. 그런 다음 '글쓰기'와 사진 올리기를 할 수 있다.

5) **블로그를 잘 하려면**
   ① 매일 글쓰기를 할 수 있어야 한다.
   ② 정치, 경제, 사회, 문화 전반에 대한 이해가 깊어야 한다.

③ 독서를 많이 해야 한다.

④ 가지고 있는 지식을 총동원하여 갖고 있는 노하우를 공개
한다.

⑤ 블로그에만 그치지 말고 페이스북이나 트위터를 활용한다.

⑥ 이웃 블로그에 방문하며, 본인의 블로그에 방문객이 없을지
라도 실망하지 않는다.

⑦ 성실하고 정직한 자세로 신뢰를 쌓아가는 블로그가 되어야
한다.

활동 및 과제

1) 블로그를 만들어보고 각자 소개해보자.

2) 블로그를 잘 운영할 수 있는 방안을 토의하고 블로그 방문 경험을 토의하자.

3) 파워블로그의 순기능과 역기능에 대하여 토론하자.

참고문헌

구종상 외, 『스토리텔링 레시피』, 푸른사상사, 2014.

김성희, 『방송드라마창작실기론』, 연극과인간, 2010.

김용수, 『드라마 분석 방법론』, 집문당, 2004.

김종윤 외, 『시적 감동의 자기 체험화』, 봉명, 2004.

박길숙, 『라디오시대 라디오작가 되기』, 세시, 2006.

박원달, 『라디오 제작 실무론』, 커뮤니케이션북스, 2003.

송정애, 『시나리오 창작법』, 한국학술정보, 2009.

신봉승, 『TV드마라 시나리오 작법』, 고려원, 1981.

심 산, 『한국형 시나리오 쓰기』, 해냄, 2004.

안남일 외, 『문화콘텐츠 연구의 현장』, 푸른사상사, 2014.

오영미, 『탈마을의 신화』, 태학사, 1997.

윤명구 외, 『문학개론』, 현대문학, 1988.

이강백, 『희곡창작의길잡이』, 평민사, 2010.

이영호, 『블로그 처음부터 제대로 만들기』, 세진북스, 2010.

이원재, 『광고의 진화』, 푸른사상사, 2012.

이종범, 『블로그로 꿈을 이루는 법』, 토야네북스, 2013.

이호규 외, 『콘텐츠 정책과 응용인문학』, 푸른사상사, 2014.

장소원 외, 『방송 글쓰기』, 커뮤니케이션북스, 2007.

정수연, 『드라마 맛있게 읽기』, 북인, 2008.

조남현, 『소설신론』, 서울대학교출판부, 2004.

최명숙, 『문학과 글』, 푸른사상사, 2013.

최상식, 『TV드라마 작법』, 제삼기획, 1994.

하유상, 『시나리오의 이론과 실제』, 성문각, 1996.

한국연극교육학회, 『연극』, 연극과인간, 2007.

한상희, 『영화와 문화는 동반자』, 도서출판 좋은땅, 2012.

찾아보기

ㄱ

가십, 잡담 칼럼 46
간결체 80
강건체 80
개요 16
개인매체 123
개인 일기 칼럼 46
객관성 99
건조체 80
결말 65, 82
경제성 15
계간 95
공정성 99
과장 60
관객 142
광고(advertising) 115
구성 81
구조론(절대론) 64
기고가 칼럼 46
기명논설 칼럼 46

기사문 49

ㄴ

논설 50
『누구를 위하여 종은 울리나』 102

ㄷ

단상 23
단순 구성 82
대구법 60
대상 116
대화 84
도치법 60
독창성 14
드라마 133, 150

ㄹ

라디오 123

레제드라마(Lesedrama) 171
르포 기사 49
리드 104

ㅁ

마가지엔(magazine) 95
마크 쇼러(Mark Schorer) 80
만연체 80
매체 116
명료성 14
모방론 64
모방성 79
묘사 84
『무기여 잘 있거라』 102
무크지 95
문장력 99
문체 65, 80

ㅂ

반복 60
「발견으로서의 기교」 80
발단 65, 82
배경 65
배우 142
병렬적 짜임 32
병행성 124
복합 구성 82
본드(Bond) 46
본문 49
부제 49
블로그 181

비평 문학 31

ㅅ

사건 65
「사랑손님과 어머니」 86
산문성 78
3인칭 관찰자 시점 86
생방송 124
서사성 78
서술 84
서평 66
설의법 60
성실성 14
『소년』 95
소설 30, 64, 77
『소설의 이해』 85
수필 29
스크랩북 100
스크립트 라이터(script writer) 126
스토리텔링 18
스트레이트 기사 49
시 30, 59
시나리오 162
시놉시스 152
시론 50
시사 비평문 50
시사 칼럼 50
시점 85
시평 61
『시학』 142
신속성 123
심층 보도 칼럼 46

쌍방향성 124

ㅇ

아널드, M. 60
아리스토텔레스 81, 142
아이러니 60
아처(W. Archur) 142
애펠레이션 84
액자형 구성 82
에세이 칼럼 46
역설 60
연극 142
열거 60
영탄법 60
영화 136, 161
예술성 79
와트, W. 14
완결성 15
우유체 80
운문 칼럼 46
월간 95
월슬리(Ronand E. Wolseley) 96
위기 65, 82
유머 칼럼 46
의견 개진 칼럼 46
인격성 124
인물 65
일관성 15
『일뤼스트라시옹』(L'llustration) 95
1인칭 관찰자 시점 85
1인칭 주인공 시점 85

ㅈ

잡지(magazine) 95
잡탕형 칼럼 46
저널리즘(journalism) 99
전개 65, 82
전문 49
전문가 의견 칼럼 46
전지적 작가 시점 86
절정 65, 82
정보 116
정보통의 칼럼 46
정직성 14
정확성 15, 99
『젠틀맨스 매거진』(Gentleman's
　　Magazine) 95
주간 95
주요섭 86
주제 65, 79
주제 의식 13
직렬적 짜임 32
진실성 78

ㅊ

『천일야화』 18
청각 중심 124
충실성 14
취재력 99
『친목회 회보』 95

ㅋ

칼럼 45
칼럼니스트 47
칼룸나(columna) 45

ㅌ

타당성 15
퇴고 17

ㅍ

판단력 99
표제 49
표준 칼럼 46
표현 116
표현론 64
플롯 65, 81, 164, 172
피카레스크식 구성 82

ㅎ

해설 49
해설성 기사 49
허구성 78
헤밍웨이 102
혼합적 짜임 32
화려체 80
효용론(수용론) 64
희곡 30, 142, 171

대중매체와 글쓰기

초판 · 2015년 3월 12일
재판 · 2018년 2월 28일

지은이 · 장현숙, 최명숙, 박혜경
펴낸이 · 한봉숙
펴낸곳 · 푸른사상사

주간 · 맹문재 | 편집 · 지순이 | 교정 · 김수란
등록 · 1999년 7월 8일 제2-2876호
주소 · 경기도 파주시 회동길 337-16 푸른사상사
대표전화 · 031) 955-9111(2) | 팩시밀리 · 031) 955-9114
이메일 · prun21c@hanmail.net
홈페이지 · http://www.prun21c.com

ⓒ 장현숙, 최명숙, 박혜경, 2015

ISBN 979-11-308-0361-6 03800
값 15,000원

대중매체와 글쓰기